FOLIO SCIENCE-FICTION

Karoline Georges

SOUS BÉTON

Gallimard

Après des études de cinéma et d'histoire de l'art, Karoline Georges amorce une démarche artistique multidisciplinaire où se côtoient la vidéo, l'art audio, la photographie, la littérature et, plus récemment, la modélisation 3D. Elle est l'auteure de sept livres, dont *Sous béton* (Alto), finaliste au prix des libraires du Québec 2012. Elle a reçu en 2012 le prix à la création artistique du Conseil des arts et des lettres du Québec.

À Yun et Alex

1

J'étais enfermé au 804, étage 5969.

L'Édifice comptait beaucoup d'autres étages. Mais je ne savais pas combien. Le père ne précisait jamais.

Dehors, au seuil de l'Édifice, s'entassaient les expulsés. Un nombre incalculable. Plus loin, derrière le grouillement humain, l'horizon, gris. Et plus loin encore ?

Le père soupirait impatiemment chaque fois que je posais la question. Il affirmait ensuite :

Plus loin, il n'y a plus rien.

J'étais en règle.

On me prêtait un numéro d'identification médicale, qui validait mon existence chaque matin au réveil, tandis qu'une sonde, plantée dans mon nombril, prélevait un échantillon de mon être afin de vérifier, jour après jour, la qualité de mon état biologique. J'étais identifié par un matricule qui chaque matin confirmait ma liaison au Savoir ; le pourcentage de l'apprentissage déjà prodigué déterminait les étapes subséquentes du programme de distribution d'éducation. J'étais donc dûment numéroté.

Mais le père et la mère n'avaient pas jugé nécessaire de me fournir un nom.

Si un jour l'enfant souhaite avoir un nom, il le choisira lui-même, avait suggéré la mère à ma naissance.

Et le père avait déclaré froidement :

Nous le tutoierons, voilà tout.

Dehors, il n'y a que poussière à manger, professait chaque matin le père.

Dehors, les exclus se dévorent les uns les autres, ajoutait immédiatement la mère.

Nous pourrirons ici, voilà toute notre histoire, complétais-je d'un ton approprié, immobilisé entre le père et la mère devant l'écran. Un écran petit, à peine un mètre carré, encadrant la griseur de l'horizon et du ciel, griseur avec quelques nuages parfois, plus pâles ou plus foncés.

Or, je ne voyais plus ni nuages ni écran depuis longtemps. J'observais plutôt les murs autour de moi, sous la lueur blanche du luminaire. Des murs lisses, sans ouverture aucune. Du béton enraciné profond dans la lithosphère, qui s'élevait jusqu'à la stratosphère.

Partout autour, du béton. Plafond, plancher, sièges, que du béton. Une masse grise uniforme, sauf au salon, où s'alignaient trois taches sombres sur les murs, près du plancher. Les taches semblaient humides à l'œil, mais au toucher, une poudre sèche maculait les doigts. Selon la mère, elles étaient apparues bien avant ma naissance. Parfois, quelques grains scintillants émergeaient à la surface des taches avant de chuter au sol. J'aimais bien observer les taches. Mais je guettais surtout l'apparition d'une fissure. L'événement était improbable, selon le père. La tuyauterie sanitaire pouvait fendre à tout moment et libérer la puanteur des entrailles de l'Édifice qui saturait dès lors l'atmosphère pendant des semaines. La transmission de l'information pouvait s'interrompre et provoquer une crise qui requerrait l'expulsion de milliers de résidents subitement hystériques. Dans l'Édifice, la distribution d'oxygène et d'eau n'était jamais assurée. Des étages entiers en étaient privés à intervalles intermittents, avec le lot de sinistres conséquents. Mais le béton, lui, était immuable.

Le père le prouvait d'ailleurs chaque jour, d'une poigne enroulée autour de mon crâne, front frappé coup sec contre le sol. Tu vois bien, je peux écraser ta cervelle d'une seule main, mais le béton résiste à tout coup. Et j'acquiesçais sans mot, immobilisé au plancher.

Pourtant, chaque matin, tandis que l'élancement au cerveau se dissipait, je pressais davantage l'oreille contre le sol. Aussitôt, j'entendais les murmures du béton. L'écho des hurlements des expulsés, avais-je d'abord supposé. Ou la résonance des humeurs du père et de la mère, aussi. Or, la main à plat révélait un grondement plus profond. Je percevais par les pores de ma chair une compression continue de la matière.

Une densité croissante.

J'avais compris très tôt que l'intelligence servait à découvrir par soi-même ce qui n'était pas destiné à être révélé, que l'application ultime d'une raison bien aiguisée consistait à prétendre ensuite n'avoir ni cherché ni trouvé et ne surtout pas avoir compris l'évidence qui s'imposait alors.

Si le père m'assurait qu'il n'y avait plus rien par-delà l'horizon, il fallait mémoriser et ne jamais demander ce qui avait disparu. Car le père s'impatientait avec grimaces et coups de pied. Ce qui n'est plus est impensable, affirmait-il. Si tu forces trop du cerveau à impenser, tu finiras par imploser, et je devrai alors réduire ta bouillie de cervelle en purée à la cuvette.

Lorsque la mère hurlait en plein sommeil qu'elle se souvenait du moment *effroyable* où l'accès à l'Édifice avait été scellé pour de bon, qu'elle se souvenait du début de la suffocation, des hurlements des premiers résidents hystériques qui tentaient de percer le mur de Béton Total pour retrouver le jour ; lorsque le père répondait que c'était impossible puisque l'enfermement avait eu lieu bien avant la naissance de son huitième arrière-père, que la mère de toute façon inventait toujours tout de travers, que les premiers résidents avaient probablement été soulagés par la protection du béton contre les ramifications de la dévastation, je n'avais ensuite qu'à attendre deux ou trois sommeils puis faire semblant de m'éveiller en pleine nuit, hurler à mon tour et prétendre que je me souvenais de la coulée du béton, du mélange de pluie, de sang, de cris qui ne cessaient jamais, pour déclencher une discussion pleine de nouvelles informations autrement inaccessibles.

Parfois, la mère déclarait alors que la mémoire cellulaire était indéniable, qu'il était possible qu'un ensemble de données ait été enregistré dans l'héritage chromosomique. Le père répliquait que c'était du délire, qu'il suffisait d'observer l'immensité de l'Édifice et la précision de la structure sociale pour comprendre l'impeccable planification qui sous-tendait notre civilisation, que tout avait dû être pensé puis exécuté dans les meilleures conditions.

Le père et la mère ne s'entendaient jamais sur les origines de l'Édifice.

J'avais donc conclu que nous étions tous orphelins d'un monde qui s'était dissous en énigme à travers la succession de nos naissances silencieuses sous béton. Et quand j'osais demander ce qui allait maintenant survenir, le père savait parfois répondre immédiatement, pour juguler les débordements d'activité de mon cerveau. La seule information fondamentale à planter dans ton abcès de cervelet, c'est que tout est partout pareil en tout temps : pères, mères, enfants, disait-il. Murs, sièges. Oxygène, nutriments. Écrans avec même paysage. Ailleurs dans l'Édifice, on trouve des chaînes de production automatisées qui fabriquent portes et sièges, nutriments, oxygène, écrans. La seule chose qui change d'une porte à l'autre, c'est l'attitude. Contrairement à toi, certains enfants ne posent pas de questions insignifiantes qui pourraient les condamner à l'expulsion immédiate.

Les réponses du père refroidissaient le cerveau.

Et glaçaient le cœur, aussi.

Je n'ai pas toujours été immobilisé seul entre le père et la mère. Un temps, il y a eu les frères et sœurs, tous plus petits que moi. Chacun même drap gris, même silence devant l'écran.

Un jour, petite sœur a hurlé. Une blessure peut-être, à trop souvent glisser de l'étreinte de la mère au sol de béton. Un sentiment d'étouffement, ai-je plutôt pensé, car la sœur hurlait rouge et boursouflée, mais personne n'a pensé comme moi ; au contraire, la mère a noué ses mains serré, de plus en plus serré autour du petit cou. C'est l'enfant le plus grand, un accident, a-t-elle alors menti à l'agent sanitaire venu enrober la sœur d'une pellicule pour la jeter à la décharge de l'étage. Tandis que je me pétrifiais bleu de stupéfaction au salon, la mère a lentement refermé la porte, et les yeux. Il n'y a jamais eu de petite sœur hurlante, a-t-elle murmuré.

Puis, une autre sœur similaire est venue remplacer la première. Une nuit, la mère pleurait et gémissait que c'était beaucoup trop, cette bouche qui la suçait nuit et jour, et toutes les autres à nourrir en continu, même la sienne, tout était trop compliqué, constatait-elle, et le père a brusquement arraché la sœur du sein pour la plonger dans la cuvette. Une de moins, c'est tout, a-t-il grincé. Et malgré l'évanouissement de la mère, malgré les pleurs terrifiés des petits frères, le père a maintenu la sœur sous l'eau de longues minutes d'une poigne fixe, en observant d'une paupière lourde l'inertie nouvelle du corps embryonnaire. Le lendemain, la mère a martelé d'un doigt sur ma tête :

Il n'y a jamais eu ni une ni deux sœurs, aucune insinuation contre toi, tout n'est qu'illusions, hallucinations, nous ne sommes plus sept, jamais six, que le père et deux petits frères, oublie les images, oublie les hurlements, oublie mes larmes maintenant, oublie.

Alors j'ai tenté de me convaincre de mon inaptitude à percevoir, du dysfonctionnement de mon cerveau. Dès lors, je n'ai jamais plus demandé davantage de nutriments que ceux déposés devant moi, avalés sans bruit et sans bouger.

Les deux petits frères, eux, n'ont pas hurlé, ni trop tété le sein de la mère. Ils n'ont rien fait du tout. Mais un jour, le père a ingurgité une quantité incalculable d'abrutissant pour maintenir l'immobilité totale au salon. La quantité était supérieure à celle de la veille. Peut-être même doublement supérieure à celle de l'avant-veille. Ce jour-là, j'ai bien vu, le père s'est approché sans bruit. Les deux frères minuscules observaient l'écran, en silence, puis une pellicule a surgi, enroulée autour des deux corps à la fois. Le père a fixé à son tour l'écran, regard absent. Les frères se sont débattus un peu, mais si peu. Un pied raidi direction cuisine. Une menotte tremblante ouverte sur l'étroitesse du salon. Deux visages gonflés sous la tension de la pellicule. Puis les frères se sont immobilisés. Le père a nié l'incident, sans souvenir aucun ; la mère a prétendu n'avoir rien remarqué non plus, surtout pas la provenance de la pellicule, probablement dérobée par l'un des petits, a-t-elle supposé. Ou peut-être même par l'autre moins petit, cet enfant qui étire parfois un peu trop les limites de l'exploration, a-t-elle suspecté avec un regard vide, l'index bien droit vers moi. Tenant d'un bras les frères enrobés et de l'autre une résidente également décédée, l'agent sanitaire a conclu d'un ton professionnel au syndrome de mort inopinée, si fréquent dans tous les logis.

Aussitôt la porte refermée, la mère a insisté d'un murmure à mon oreille :

Tu n'as rien vu rien entendu puisque tu dormais, et tu dors encore, même s'il semble être midi, tu dors sommeil total. Il n'y a que nous ici, le père l'enfant et la mère, le reste, c'est du rejet de cerveau, aucun frère ni sœur, que des infections d'idées, peut-être même des troubles de vision. C'est usuel pendant la croissance.

Je n'avais pas de nom, mais ça m'importait peu. Car je n'avais rien d'autre non plus. Enfin, presque rien. Je possédais un drap gris, enroulé autour de moi chaque nuit pendant le sommeil sur béton. C'est déjà une chance, me rappelait parfois la mère, puisque certains ne dorment pas du tout. Comme ces innombrables expulsés de l'Édifice bousculés jusqu'à la mort, aucun répit nulle part jamais.

Je possédais également un ensemble de connaissances. Une éducation très moyenne, me rappelait souvent le père avec mépris. Mais au moins ça l'occupe, en attendant son heure, argumentait la mère dans un murmure.

Je patientais toute la journée assis sur mon drap gris, tête enserrée dans le cubicule d'apprentissage, immobilisé entre les murs de béton sans fenêtre aucune et le sifflement du filtre à oxygène. Le reste du temps, je cumulais exactement deux autres occupations : dormir, ou feindre le sommeil.

Et ça, je savais faire, le semblant de respiration profonde, les grognements accompagnés de spasmes, les mouvements brusques du corps qui se repositionne autrement. Le simulacre de sommeil était mon passe-temps préféré, quelque chose de semblable au jeu, peut-être. Car je n'avais jamais vraiment joué. Le père affirmait que le jeu était réservé aux expulsés, qui se jetaient dans la foule d'un même élan jusqu'à ce que les uns s'effondrent piétinés par les autres. Je n'avais jamais vu aucun jouet, non plus. La mère répétait qu'il est préférable de ne rien posséder, puisque l'avoir est à perdre. Alors mieux valait ne rien accumuler, surtout pas des jouets, qui se brisent tôt ou tard dans un fatras de bruits et de cris. De toute manière, je savais bien qu'il subsistait peu d'artefacts des divertissements d'avant l'enfermement. Quelques jeux d'esprit, des casse-tête format nano, une minuscule chambre de reliques brisées, racontait la mère. Le père, lui, n'y croyait pas du tout. Il n'y a plus rien du temps d'avant, tout a été anéanti, ricanait-il en observant les nuages à l'écran. Pas de jouets, donc, et presque pas d'espace pour bouger, non plus.

J'avais droit à une séance d'injections d'anticorps, un litre d'eau et huit portions de nutriments par jour, sous le rictus accablé de la mère ou l'œil froid du père, qui supervisait chaque procédure familiale avec le même soupir d'exaspération lorsque je déglutissais avec bruit ou que je m'installais trop vite sur mon siège au salon, où je ne devais plus bouger du tout. Il fallait mesurer, les gestes et les paroles, les portions et les proportions. Réduire le tout au minimum, comme les objets, pour éviter les incidents, pour éviter de déranger qui ou quoi que ce soit. D'abord le père qui ne bougeait presque pas, non plus que la mère qui s'inquiétait d'à peu près tout, surtout du dérangement des autres autour. Tous ces inconnus, à deux mètres derrière chaque mur, qui auraient pu nous dénoncer, la mère et moi, quand l'une disputait l'autre. Quelqu'un aurait pu entendre l'irritation du père, même condensée en un seul sifflement du nez ; quelqu'un aurait pu percevoir l'absence de regards entre le père et la mère, et celui de plus en plus interrogateur que je fixais sur eux.

J'avais bien compris qu'il ne fallait pas enfreindre les règlements, sous peine d'expulsion dans la griseur, à manger poussière jusqu'à putréfaction. Quand me venait l'envie de passer le temps, je demandais donc permission de sommeil. C'était la formule précise pour éviter un soupir exaspéré du père ou une larme de la mère.

Le sommeil, ça ne dérange aucun objet, ça ne remet rien en question, ni l'étroitesse de l'espace, ni la mauvaise humeur du père, ni la tristesse de la mère. Le sommeil correspondait toujours à une libération, car le père fermait un instant les yeux, soulagé, lorsque je cédais l'espace que j'occupais auprès de lui. Subitement, soixante-quinze centimètres apparaissaient, un nouvel horizon parfaitement dégagé.

Le sommeil était gage de silence, sans aucune question qui invariablement embarrassait à la fois le père et la mère, mais aussi tous les inconnus à portée d'oreille. Car il ne fallait pas demander pourquoi tout était si morne, pourquoi l'ennui, pourquoi ces sensations d'étouffement, pourquoi le père était si laid à autant grimacer, pourquoi la mère suppliait en silence de ne pas ébruiter ses larmes. Le sommeil était toujours une solution exemplaire.

Le dortoir était de grandeur égale au drap, et le drap s'étendait d'un coude à l'autre, du sommet du crâne à quatre centimètres par-delà mes pieds. Tôt ou tard, tu auras trop grandi, tu réclameras trop de place, me reprochaient le père et la mère. Et tu devras alors te faire plus petit.

Je craignais cette grandeur problématique à réduire aussitôt, je me suis régulièrement imaginé replié sur le côté, dans l'exacte position que prenaient le père et la mère, deux masses informes silencieuses compactées, semblables au lot de déchets transporté jusqu'à la décharge au bout de l'étage. Mais ce jour fatidique de pleine grandeur n'est jamais venu, et je suis demeuré petit, toujours petit ; peut-être même ai-je réussi à rapetisser à force de craindre ma grandeur. Je pouvais encore m'étendre, pointer les orteils pour aplanir la ligne de mon corps et ainsi faire semblant de m'effacer dans le vide de la pièce.

Or, le lendemain de ce que le père allait considérer comme ma disparition, le drap gris est demeuré replié seul, au milieu du dortoir, à l'heure où d'ordinaire je patientais entre les injections et la période d'immobilisation au salon. Et la mère a observé le petit carré gris, sans bouger, comme si je pouvais me trouver encore dessous. L'enfant a déjà été si petit, a-t-elle pensé, minuscule au point de ne pas être, du tout.

2

Chaque matin, mise en marche du système d'aseptisation, va-et-vient de la mère ; arrêt au panneau de ventilation, manœuvres silencieuses, changement d'octave du fluide oxygénique, ronron aigu de l'apprêteur de nutriments. Le père et la mère répétaient mêmes gestes sanitaires, rythme automatisé. Le père s'affairait à mettre en marche le démagnétiseur d'ondes négatives ; la mère activait le broyeur à déchets, puis le condensateur de vitamines.

Et chaque matin, la mère et moi consommions notre portion de nutriments, même regard absent.

La mère pensait à pourrir. Elle ne disait mot, mais le père et moi savions bien. Car chaque jour, invariablement, la mère imaginait son cœur réduit à un minuscule noyau déshydraté, dur comme une pierre, un cœur fossilisé qui ne souffrait plus de rien, jamais, ni de la peur de l'infection ni de celle de l'expulsion ; elle s'imaginait sans cerveau, pour cesser d'imaginer la misère d'être coincée dans un corps pourrissant. Elle s'imaginait démunie de tel et tel autre organe. Puis sans organe aucun. Sans corps. Disparue.

Le père faisait défiler les informations de l'heure entre son assiette et lui, à gauche à droite, quatre en même temps. Les informations apparaissaient en filigrane, en suspension au-dessus de la table, lignes multiples noires ou grises. Le père agitait son index sur chacune pour les grossir ou le majeur pour les faire disparaître. On devinait à son regard qu'il lisait en biais, en croisé, un mot et deux pensées décousues ; on constatait qu'il ne pensait plus à rien, qu'il court-circuitait le réseau de sa raison.

Moi, j'imaginais la forme d'une fissure au mur. Le nombre d'arabesques, l'irrégularité de la ligne dans ses moindres arêtes.

L'obsession d'une fissure était apparue tandis que je simulais le sommeil, les yeux mi-clos fixés au plafond. Une ombre y était apparue. Bien nette. Une ligne sinueuse qui avait lentement glissé jusqu'à l'angle du mur. Et j'avais alors entendu pour la première fois un craquement profond du béton, aussitôt transformé en grondement. Le père avait sursauté sur son siège au même moment. Preuve que ce n'était pas une illusion neuronale.

Et depuis je patientais.

Je pensais parfois aux taches sur les murs puisque j'étais installé droit devant. Les taches semblaient changer de forme, mais la mère m'assurait qu'à force de fixer les cernes c'était plutôt ma vision qui se déformait. Le père m'avait expliqué que le problème avait été résolu depuis longtemps, sans préciser quel problème.

Quand je n'observais pas les taches, je pensais alors aux infectés. À la résidente du dessus par exemple. Une fille boursouflée de pustules noires. Enrobée vivante vingt-deux jours avant ma disparition puis portée à bout de bras par les agents sanitaires jusqu'à la décharge, au fond du corridor, elle et les siens, une mère et un père également pustulents. Et puis d'autres résidents avaient été expulsés, sans pustules, mais on ne sait jamais. L'étage du dessus vidé en entier, aseptisé. Et la fille aux pustules s'était affalée là, au seuil de l'Édifice, paralysée deux jours durant. Je n'avais pas vu l'expulsion, ni la fille ni les siens, ni aucun autre résident jamais, mais j'avais entendu le père raconter l'histoire à la mère, et j'avais bien vu, à l'écran, lorsque le père avait pointé son index :

Voilà les résidents du dessus, ils étaient à trois mètres de nous depuis des années.

Ils étaient désormais pétrifiés à l'extérieur, pleurant sous la pluie, la nuit, la griseur et le vent.

J'avais pleuré aussi, et cauchemardé des pustules dans ma bouche, sur les murs du dortoir, dans le ciel à l'écran, des pustules de plus en plus grosses. J'avais demandé pourquoi la famille avait été expulsée plutôt que soignée, puisque les remèdes aux pustules étaient sûrement aussi nombreux que les techniques de prévention, de purification, de désinfection et de décontamination de l'Édifice. Le père avait simulé la surdité. La mère aussi. Alors j'avais conclu que c'était peut-être simplement des pustules d'idées, comme à peu près tous les objets de ma pensée. Des emballements gratuits d'un cerveau difforme d'enfant involué.

Le lendemain de ma disparition, le père et la mère ont avalé les nutriments, rythme égal. Le père n'avait déjà plus de regard à force d'ingurgiter de l'abrutissant. La mère n'observait rien non plus, sinon ses propres idées noires. Autour de la quatrième répétition de mastication, on a frappé sec à la porte.

Contrôle !

Douze agents sanitaires sont apparus.

Ne bougez pas.

Aussitôt, des seringues ont étincelé dans le logis, plantées immédiatement dans la cuisse de la mère, le dos du père. On a vérifié la qualité de l'air, la propreté du plancher, la quantité de poussière, on a calculé le niveau bactériologique, on a tout inspecté, échangé des codes, toujours les mêmes.

Rien d'anormal, a lancé un premier agent. Résultats négatifs. Pourcentage réglementaire. Rien de notable.

Un deuxième agent a alors remarqué mon absence, piqué flanc gauche l'avant-veille, s'est-on souvenu. Et le père a répondu d'une voix molle :

L'enfant est ailleurs.

Réponse satisfaisante, a jugé l'agent, immédiatement précipité à l'adresse suivante.

Le père a concentré son regard à la surface de la table, qu'il lissait d'un doigt mou. La mère a jeté un œil sur le drap gris plié carré au dortoir. Mais aussitôt ses pensées se sont enroulées autour de son propre corps, qu'elle imaginait enrobé par l'agent sanitaire et glissé à la décharge, corps propulsé dans l'obscurité du conduit, précipité au seuil de l'Édifice ; la mère s'est imaginée survolant la foule des expulsés dans son ultime cellule. Mais la mère est restée là, assise à table, conscience ailleurs, perdue quelque part à l'extérieur entre cadavres et mourants, regard fixé sur le carré gris sous lequel j'avais si longtemps simulé le sommeil.

Chaque matin, le père s'enfermait dans sa cellule de travail, adjacente au salon. La cellule était étroite. Impossible d'y entrer quand le père s'y trouvait. Le père formulait toute la journée des confirmations de codes et des conseils, des remerciements et des avertissements.

La mère disparaissait au même moment dans sa cellule minuscule, également adjacente au salon. On lui communiquait des informations. Elle rédigeait des communiqués.

Et je m'isolais alors dans mon dortoir, cerveau enserré dans le distributeur du Savoir.

Chaque jour de mon processus éducatif, j'ai été contraint d'observer en images les millions d'itinérants autour de l'Édifice. Les expulsés émergeaient des conduits d'évacuation, l'un derrière l'autre, la plupart déjà putréfiés ; après des jours entiers à glisser lentement à travers les milliers d'étages de l'Édifice, ils glissaient dans la mêlée ; la foule les avalait instantanément ; ils réapparaissaient cent mètres plus loin, rouges et démembrés. Mais certains survivaient à l'expulsion. Par un mystère qu'on n'avait pas jugé nécessaire de m'expliquer, certains survivaient au séjour dans les conduits frigorifiés, aux fluides aseptisants du système d'expulsion, pour plonger dans une marée de hurlements, un empilement de morts et de vivants sans cesse renouvelé.

Jour après jour, je contemplais la violence avec laquelle la foule de survivants s'écrasait contre le seuil de l'Édifice. J'assistais à des suicides. À des assassinats. On s'ouvrait les veines avec des cailloux. Des petits et des grands s'étranglaient ou se piétinaient. Des milliers de morts chaque minute, en tout temps. La précision des images permettait d'étudier les différents stades d'infection et de décomposition. Quelques minutes d'observation suffisaient pour atteindre le seuil d'effroi maximal. Pour me rappeler exactement où j'étais, et surtout ce qui me menaçait en cas de négligence.

Quel est le principal matériau composant l'Édifice ? demandait chaque jour la voix du Savoir.

Béton Total, répondais-je aussitôt.

Le questionnaire se poursuivait, liste de questions concernant le lot de lois, règlements, interdits, formalités, méthodes, valeurs et principes, détails historiques. Et je répétais les réponses attendues, avec ponctuation adéquate. Puis, exactement vingt-sept minutes après l'enfermement dans mon cubicule d'apprentissage, le Savoir s'illuminait. Tu as réussi l'examen de fin d'études, répétait-il.

La mère a souvent assuré la suite invariable des événements :

Au constat de constitution achevée succède l'offre conséquente de service à la complétion de l'éducation, procédé automatique lorsqu'un poste se libère.

Et le père a toujours complété l'explication d'un ton exaspéré :

Nulle nécessité de solliciter, de faire demande, et encore moins de perturber l'ordre et les protocoles, sous peine d'expulsion.

Il y avait longtemps que le Savoir avait fini de déverser son contenu au cerveau. De la moindre image des amibes ancestrales jusqu'aux lois les plus pointues de la physique quantique. J'avais bien enregistré toutes les données communiquées, du moins celles qu'on avait jugé utile de conserver, les théories scientifiques prouvées et les chapitres succincts de l'Histoire, les formules mathématiques et les règles de syntaxe. On m'avait injecté des connaissances désormais inapplicables, le principe de la photosynthèse par exemple, puisqu'il ne subsistait aucun végétal ni à l'intérieur de l'Édifice ni à l'extérieur, que de l'oxygène de synthèse pour les résidents et une nappe d'air échappé des conduits qui s'enroulait dehors autour du bâtiment, là où les expulsés s'agglutinaient dans le semblant de couche atmosphérique pour survivre encore un peu.

Les techniques de thérapie génique ne servaient pas non plus. On ne guérissait de rien à l'intérieur de l'Édifice. Les infectés étaient expulsés sitôt leur maladie révélée. Lorsque je demandais pourquoi il fallait mémoriser toutes ces informations inutiles sous béton, le père éprouvait une grande gêne. Il y a sûrement une explication protocolaire qui ne te concerne pas encore, murmurait-il. Et je voyais bien qu'il s'était lui aussi posé la question très souvent.

La mère m'assurait que je finirais par comprendre, beaucoup plus tard, à quel point le roulement des données accumulées au cerveau retardait le déclin des fonctions cognitives. Un jour, tu n'auras plus que ces formules en tête, des bribes de souvenirs de calculs vectoriels. Ce sera ta seule activité cérébrale, affirmait-elle.

À la fin du processus de distribution d'éducation, le Savoir s'était borné à répéter jour après jour après jour sa directive :

Tu dois maintenant patienter jusqu'à ce qu'un poste se libère dans l'Édifice.

Pour ce faire, le programme imposait alors l'un de ces deux objectifs, toujours les mêmes :

1. détection des premiers signes de dégradation d'un étage virtuel de l'Édifice, puis réparation-désinfection des zones problématiques ;

ou

2. détection et identification des bactéries, maladies et virus d'un organisme vivant et vidange subséquente du corps infecté.

Pendant une interminable période, j'ai éradiqué microbes, bactéries, virus, bouché des fuites, rempli des fissures. Sans penser à rien. Ni aux frères ni aux sœurs enrobés de pellicule quelque part dans la griseur. Ni aux hallucinations certifiées par la mère. Ni à la quantité exponentielle d'abrutissant avalée par le père. J'ai tiré des jets d'acide, planté des clous, me suis retrouvé 21 074 fois prisonnier de l'effondrement du même mur, j'ai jeté aux ordures 63 427 infectés et l'objectif a été relancé, chaque fois. Boucle parfaite.

Autour de moi, ailleurs dans tous les logis, des milliers de semblables étaient également isolés, immobilisés dans leurs dortoirs, immergés dans le même processus éducatif. Chacun se préparait à remplir une tâche officielle.

Comme le père, qui validait des confirmations de codes.

Ou la mère, qui distribuait des codes de confirmation.

On naissait pour entretenir l'Édifice et chacun apprenait à imiter père et mère, à reproduire les gestes, à penser similaire. Les plus lourds se préparaient à devenir des commis de sécurité, les plus nerveux des agents sanitaires, les plus lents des préposés à l'assainissement. Du moins, c'est ce que la mère et le père répétaient.

J'allais donc être déclaré lourd ou lent ou nerveux. Peu importait les démangeaisons, précisait la mère, un doigt appuyé sur mon front, j'allais assurer répétition jusqu'à putréfaction. Et je retenais alors respiration, réflexion, déglutition, la posture atrophiée par l'appréhension.

Car rien ne me semblait plus *effroyable* que cette condamnation à la répétition.

Avant ma disparition, je pensais avoir cumulé suffisamment d'informations pour bien me situer. J'avais calculé depuis longtemps ma position exacte, je savais qu'une fenêtre creusée dans le béton du logis aurait permis de percevoir une microscopique tache au seuil de l'Édifice, une masse informe de semblables dont les hurlements lancés au ciel gris n'auraient jamais atteint mon oreille. Depuis l'étage 5969, il n'y avait aucune autre vue, qu'un horizon flou.

J'avais parfois le mal de l'air, une capacité réduite à respirer, l'impression que le béton absorbait tout l'oxygène. Le père certifiait que c'était un malaise impossible puisque dès ma naissance mon organisme s'était adapté à notre situation.

Lorsque le mal de l'air me tournait la tête, il me suffisait de fixer mon attention à construire une image mentale du logis, d'y accoler 9999 autres logis identiques alignés dans un quadrilatère traversé d'un corridor et de multiplier cette construction par 5969 étages pour bien déterminer l'altitude de ma position et l'exacte proportion de ma présence dans l'ensemble de l'Édifice. Il suffisait de compléter le calcul par une suite de probabilités, de multiplier le premier résultat par deux, trois ou quatre pour estimer l'élévation totale de l'Édifice à 10 000 ou 20 000 étages, et ainsi pressentir l'incalculable poids du béton qui pouvait s'effondrer et me réduire à néant. L'image était suffisamment terrifiante pour interrompre le tournis.

Alors je pouvais continuer à patienter en silence. À écouter le grondement de l'Édifice. À compter les minutes entre le pied du père subitement enfoncé dans mon estomac et l'heure de l'injection.

Ou à guetter l'apparition d'une fissure.

Parfois, tandis que je simulais le sommeil, je rencontrais un semblable. Quelqu'un d'inconnu, puisque je n'avais jamais rencontré personne. Quelqu'un qui me ressemblait pourtant. Même petitesse, même présence silencieuse.

Or, le semblable s'imposait toujours avec les mêmes idées dérangeantes.

Tu as remarqué la faiblesse du cerveau ? Il gère assez bien les informations qu'on y catalogue. Mais le reste est impensable, m'assurait-il.

Le reste de quoi ?

Ce que le cerveau ne sait pas déjà. Et comme le cerveau ne sait presque rien, que ce que le corps peut percevoir grâce à ses sens et ses expériences, que peut-on vraiment comprendre ?

C'est absurde, ai-je longtemps pensé, l'œil ouvert sur le plafond du dortoir.

Pour le cerveau, c'est absurde, me soufflait à l'oreille le semblable avant de disparaître.

La mère parlait parfois de liberté. Pour s'assurer que je n'avais aucune idée similaire en tête.

Elle disait :

Les gens d'avant l'Édifice orientaient toutes leurs énergies pour la faire survenir, cette libération imaginée, ce moment où chacun aurait pu faire ou dire ou penser n'importe quoi n'importe comment n'importe quand.

Elle m'expliquait qu'à une certaine époque la liberté avait été envisagée comme l'aboutissement de l'évolution, le pourquoi des labeurs de l'espèce depuis son apparition.

Et la mère pleurait alors en silence.

Regarde le corps, le tien par exemple, murmurait-elle. Si tu libères tes cellules, si chacune peut aller comme bon lui semble, qu'advient-il de *toi* ? Plus de toi du tout, sifflait la mère, qu'une décomposition.

Le père précisait que la libération avait déjà eu lieu, de toute façon. Qu'on avait tout exploré avant l'enfermement, que toutes les expériences avaient été faites. Autrefois, on savait tout sur tout, disait-il. Et tout le monde pensait tout connaître à sa façon. Tu n'imagines pas le nombre de débats d'idées, de combats, de guerres, toutes les transformations, toutes les inventions, les intentions, la démultiplication infinie des points de vue, des études, pensées, théories, possibles, tout était entremêlé, fiction et réalité. On ne savait plus distinguer l'important du futile. L'avancement de la connaissance a abouti dans le grand tumulte de la totale liberté d'expression, crachait-il.

Le père pointait alors le doigt vers l'horizon à l'écran, l'œil exorbité. Regarde un peu : il y a eu tellement de possibles de toutes sortes que tout a explosé.

J'avais un jour fait remarquer que nous étions pourtant encore là, nous. Que *tout* n'avait donc pas pu exploser.

Et le père m'avait regardé avec une fixité nouvelle.

Non, nous n'y étions pas, aucun de *nous*, avait-il déclaré.

Un jour, pendant une séquence de coups de pied du père, malgré les avertissements et les conseils et les menaces, j'ai cherché à me libérer.

Pour la première fois, je me suis précipité hors du logis, faufilé dans le corridor entre semblables pères et mères. J'ai dépassé d'innombrables adresses similaires ; j'ai tenté de me dissimuler entre les passants, frappé aux portes. Je ne savais pas exactement quoi faire, ni comment, je n'avais pas préparé du tout cette subite hystérie, cet appel à l'aide sans formule, sans protocole. Je n'ai pas su contrôler les larmes, ni la sueur maculée sur le corps entier, ni les tremblements du système nerveux, ni l'essoufflement de la course folle des idées aussitôt balbutiées entre mes lèvres.

Alors, j'ai découvert la limite de mon horizon. À l'œil suspicieux des inconnus dans l'entrebâillement de chaque porte. Au silence identique de chacun. Au regard absent des passants à l'avancée ininterrompue. À la prompte dénonciation. À la surdité de tous lorsque le vacarme de la punition s'est enclenché.

Et tandis qu'on me ramenait de force à ma porte, j'ai remarqué la lumière de l'Édifice, égale partout, même clarté uniforme qui révélait chaque angle droit du corridor, qui surlignait chaque adresse. Même blancheur clinique sur le visage impavide des résidents de l'Édifice.

Plus tard, on m'a autorisé une exploration de l'Édifice. Le père m'avait prévenu que c'était l'unique dispense de non-circulation, la seule permission de découvrir les escaliers de secours et les corridors des étages inférieurs.

J'ai donc pris position avec mes semblables, en file silencieuse, à distance protocolaire. Dès le départ, la plupart se sont avancés de quelques mètres pour aussitôt se désister, avec troubles respiratoires et tremblements, comme si la perspective de perdre de vue un instant leur logis était biologiquement inacceptable.

Je me suis éloigné de mon propre logis sans personne à proximité, que le bruit étouffé des pas de quelques semblables qui me suivaient de loin. Au bout de cinq ou six minutes de progression, sensation de brûlure. J'avais mal. Partout.

Le père répétait depuis longtemps que nous n'avions presque plus corps. La mère disait que ça importait peu, puisque chacun était localisé précisément. Ce jour-là, j'ai réussi à descendre trente et un étages. J'ai marché, marché. Escaliers de secours, portes closes alignées, corridors identiques débouchant toujours sur le même escalier. Plus je m'éloignais, plus profond au cerveau, au cœur, dans tous mes pores s'enfonçait la leçon du jour : tous les étages se révélaient exactement pareils. Avec pour seul point de repère les adresses dissimulant semblables pères, mères et enfants observant silence, immobiles devant le paysage gris à l'écran. Pendant la remontée en ascenseur jusqu'à mon logis, j'ai observé le rythme monocorde et précis du compteur, le même que celui de l'horloge qui marquait le compte à rebours avant la prochaine séance d'expulsion.

J'ai alors compris la futilité de chercher un ailleurs. Il n'y avait que mon logis minuscule, infiniment démultiplié sur d'innombrables étages. Que le père et la mère, derrière chaque porte. Qu'un semblable à moi, à chaque adresse.

Ou la mort, dehors.

Pendant une interminable période, j'ai dormi ou feint le sommeil, j'ai avalé nutriments, observé suicides et assassinats, simulé rénovation ou désinfection, répété mêmes gestes au même endroit, boucle incessante, répétition automatique.

Jusqu'à ce que survienne l'événement qui allait provoquer ma disparition.

Il y a eu la première Singularité de toutes.

Celle par quoi l'Univers a surgi.

J'avais bien mémorisé la donnée : 10^{-43} secondes après l'Explosion Originelle. C'était la limite du Savoir. Je savais que le plus grand des mystères se trouvait par-delà cet horizon, le pourquoi et le comment du Tout, sa source, le programme génétique initial, et que peu importait sa nature ; on avait déterminé que l'inconnu inconnaissable était une *singularité*.

À l'autre bout de la flèche du devenir de l'Univers, un événement d'une ampleur tout aussi absolue venait de se produire. En moi. Ma singularité.

J'ai d'abord pensé que c'était une anomalie. La première fois, l'anomalie a été de si courte durée que je n'y ai prêté aucune attention.

Alors une question a surgi, un tout petit mot au cerveau :

Pourquoi ?

L'événement a été à ce point microscopique dans l'ensemble de mes comportements automatiques que l'interrogation s'est aussitôt rompue dans l'incessante mécanique du quotidien.

La deuxième fois, l'anomalie est survenue au salon.

Tandis que le père immobilisait d'un pied sur ma gorge ma tête contre le sol, j'ai été foudroyé. Le point d'interrogation a été d'une telle gravité que mon regard s'est déformé sous sa pression, l'œil subitement ouvert trop grand :

Pourquoi ?

Le mot n'était pas nouveau, la question non plus. J'avais demandé pourquoi des milliers de fois.

Pourquoi avaler les nutriments ? Pour énergiser le corps.

Pourquoi énergiser le corps ? Pour apprendre à faire.

Pourquoi faire ? Parce que sinon c'est l'expulsion.

J'avais déjà demandé pourquoi le pied ou le poing du père frappés dans ma chair n'importe quand, mais ce pourquoi-là avait trouvé immédiate résolution. Tu es chair de ma chair, donc je fais ce que je veux comme je veux, avait-il déclaré.

Et j'avais bien connu les pourquoi qui provoquent l'indignation, la consternation, aussi. La mère savait décliner la misère de sa condition sur tous les tons, elle savait même répondre en point d'interrogation fermé. Pourquoi je te répondrais alors que tu ne peux rien y comprendre ? a-t-elle souvent lancé.

À tout pourquoi il y a raison, explication, justification.

Ce jour-là pourtant, la question a semblé radicalement différente. Car sans avoir bougé du tout, sans que rien de nouveau ne soit venu perturber quoi que ce soit, subitement je me suis senti déplacé. Comme si je venais de basculer par-delà le regard automatique que je balayais d'ordinaire sur mon environnement, du réveil au sommeil.

Je savais depuis longtemps observer pour reconnaître. Afin de comprendre jusqu'à réagir.

Or, le point d'interrogation qui germait a brusquement distordu ma perception.

Car ce n'était pas un pourquoi posé sur le pied fixe du père ou l'œil flou de la mère. C'était un pourquoi sans point de repère. Un pourquoi vertige.

Comme si l'Univers entier venait de se désaxer.

À la tombée du jour, lorsqu'à l'écran le ciel s'obscurcissait, le père, la mère et moi nous assemblions au salon.

Le père, grandeur moyenne, sans gras ni muscle, l'œil et le cheveu gris, observait le plancher. La mère, semblable, à vrai dire presque jumelle, grignotait la paume de sa main. Je ressemblais à l'un et à l'autre. Même visage quelconque, ni laid ni beau. Une famille à l'image floue.

Je veux consulter l'inventaire des avoirs, annonçait la mère.

Je veux consulter la liste des expulsés, objectait le père.

Et chaque soir, on séparait l'écran en deux parties égales, et chacun calculait de son côté. La mère s'assurait que l'approvisionnement de nutriments, d'eau et d'oxygène perdurait, constamment. Le père observait quant à lui le processus de désinfection sociale de l'Édifice, en ingurgitant de l'abrutissant, sans arrêt.

Trois fois par jour, des centaines de résidents étaient expulsés sous différents motifs, lois ou mesures sanitaires. Le matin, on vidangeait les non-employés non-appelés. En début d'après-midi, les infectés. En fin de soirée, les vieillissants ou les décédés. La totalité des expulsions était annoncée pendant le quart d'heure familial obligatoire.

Le père détaillait alors la liste des yeux, sans expression aucune. La mère soupirait d'épuisement une fois que tout était calculé.

Chaque jour, j'ai vieilli, entre le père et la mère, assis sur mon siège. Je respirais plus vite et moins vite. Je craignais l'infection et l'expulsion. J'angoissais à imaginer la putréfaction. Mais je ne disais rien.

Depuis l'avènement de ma singularité, je ressentais une forme d'inquiétude continue. Quelque chose se préparait. Quelque chose de fondamentalement étrange, pensais-je. De plus en plus, mes pensées s'enroulaient autour d'évidences jamais remises en question.

Je savais bien que j'étais vivant. Que l'existence est phénomène énergétique. Que l'énergie est l'essence de l'Univers. Qu'au début tout est apparu : explosion d'un brasier flamboyant organisé en galaxies structurées en systèmes solaires complexifiés en minéraux, végétaux, animaux évolués en humains. On m'avait enseigné que l'humain s'était défini tel le centre de l'Univers, son aboutissement, que ça expliquait pourquoi l'espèce s'était démultipliée jusqu'à ensevelir la planète entière sous sa présence hurlante, pour ensuite tout faire sauter, telle une supernova éjaculant sa puissance, imposant d'un seul coup toute l'énergie condensée en son sein. Comme si l'éclatement était le faîte même de son potentiel, son éclosion, l'avènement d'une nouvelle phase de l'Univers s'ouvrant sur une explosion similaire à la toute première. Je savais que le mouvement de l'Univers ne s'était pas ralenti le moindrement pour marquer le règne humain, qu'au contraire tout s'était accéléré depuis le début, expansion toujours. Les galaxies s'éloignaient les unes des autres, et le brasier des temps premiers s'était refroidi, et le refroidissement se poursuivait, de plus en plus. Jusqu'à l'éventuelle limite ultime du Zéro absolu, l'autre extrémité du Savoir, qui dissimulait une énigme finale aussi indéchiffrable que l'initiale. Le père affirmait que se produirait alors la complète disparition du Tout. La mère répliquait que ce serait plutôt l'avènement de la Singularité, celle par quoi l'Univers réapparaîtrait embryonnaire pour engendrer à nouveau son processus, boucle éternelle de décomposition.

Et le père soupirait, agacé ; et la mère gémissait, effondrée. De toutes les manières, à bien écouter ce qui se jouait sous les propos du père et de la mère, tout pointait vers l'*effroyable*.

Avant ma propre singularité, je pouvais donc situer ma venue au monde sur le graphique du temps. Le Savoir m'avait bien appris à reconnaître ma silhouette schématique parmi les êtres en puissance qui jaillissent de la dimension quantique pour presque aussitôt se dissoudre dans l'immensité du Cosmos. Mais le point d'interrogation venait de changer la perspective de mon point de vue. Ce n'était plus le détail des opérations, l'historique ni la manière de penser du père ou de la mère qui occupaient mes pensées. Une question apparaissait en filigrane par-delà tout ce que je savais :

Pourquoi tout ça ?

Et dès que la question se formulait, une curiosité amplifiée surgissait, doublée d'une autre question qui observait la première :

Pourquoi *je* me demande *pourquoi tout ça* ?

Moi qui semblais de l'autre côté des événements et des choses. Sous les os et la chair maigre de ma présence anatomique. Sous la lourde strate émotive que je dissimulais entre mes nerfs tendus et le rythme court de ma respiration.

Moi qui n'étais ni le père ni la mère. Eux qui semblaient complètement détachés et de moi, et l'un de l'autre. Moi seul, à cet endroit précis, à cet instant exact, tout seul dans mon cerveau. Isolé avec mes questions et des sensations auxquelles je ne devais pas me fier.

Toute mon existence, j'avais été ce *qui,* par défaut. J'avais tout observé à travers cet unique point de repère central. Puis quelque chose s'était décollé.

Une partie de ce *qui.*

Une parcelle de mon regard, subitement retourné contre lui-même.

J'étais fasciné par ce que je considérais comme mon œil au cerveau. Un œil derrière mes yeux, qui se savait *observer* à travers eux. J'avais l'impression que cet œil était le cœur de ma présence, par quoi tout est perceptible. Présence que je ne réussissais pas à localiser. Je ne suis pas dans mes orteils, me répétais-je. Je *sens* mes orteils. Je ne suis pas mains, ni pieds. Tout semblait situé aux extrémités du cerveau. Mais il suffisait de frapper la tête pour bien comprendre que le cerveau est une autre extrémité, aussi. L'extrémité d'un regard, recouvert par le corps.

Qu'est-ce que ce *je*, pensais-je ? Cet œil qui observe depuis l'intérieur, à travers le corps entier ? Cette présence interne, silencieuse, qui n'est ni le corps ni l'émotion, qui forme un noyau qui se sait vivant, qui écoute les agitations du cerveau, qui remarque les boucles de mots qui se répètent ? On m'avait bien enseigné que c'est une simple question d'ego dysfonctionnel. La sensation d'avoir un intérieur est un résidu d'anomalie mentale barbare, martelait la mère au cerveau. Ça te fait miroiter une existence personnelle alors que tu n'es qu'une cellule quelconque de l'Édifice, assurait le père, qui frappait mon front contre le béton pour mieux y planter son explication. Il faut que tu écrases toutes les questions, toutes les intentions, toutes les pensées, répétaient en chœur le père et la mère.

Je fermais alors les yeux plus fort, je retenais mon souffle, je ne bougeais pas, ne pensais à rien de rien, enfin presque rien, qu'à moi. À mon corps qui démultipliait les opérations de vie. Processus chimiques, impulsions neuronales, influx nerveux, m'avait-on enseigné. J'avais bien sûr mémorisé le nom de tous mes organes. Et les fonctions. Et les interactions. Millions de milliards d'opérations cellulaires, moléculaires, atomiques. J'étais mille trillions de réactions biologiques en même temps. Mais ça ne signifiait rien. Ce n'était qu'une phrase ou deux, des mots plutôt qu'une idée. Car je ne pouvais imaginer un milliard. Ni même un tout petit million. Un à un à un, tous ensemble. Trop immense, comme le nombre d'expulsés autour de l'Édifice, comme la totalité des galaxies de l'Univers. Je ne savais penser qu'à l'unité. Une idée à la fois, un point de vue, un angle d'un objet isolé dans l'étroitesse du regard.

Impossible de me rendre compte en une seconde de ce que j'étais.

Millions de milliards d'opérations maintenant.

Je suis millions de milliards de millions de millions de milliards, me répétais-je en silence jusqu'à m'étourdir, en retenant encore mon souffle. Entre l'immobilité de mon corps minuscule et mon innombrable présence, vertige. Je ne réussissais pas à comprendre ce que j'étais, je n'arrivais pas non plus à saisir le *je* qui questionnait dans ma tête tout ce qui s'y organisait, et surtout je ne devais pas bouger de mon siège.

Mais je réfléchissais, malgré moi.

Pourquoi ?

Toute ma vitalité refoulait juste là, derrière mon front, en un seul point d'interrogation bien dissimulé auquel personne ne pouvait accéder, pas même moi.

Je pensais la plupart du temps à ce que je pouvais vraiment entendre, voir, ressentir. Aux trois taches sur les murs du salon qui ne disparaissaient pas, qui semblaient plutôt se préciser. Le père et la mère n'en parlaient jamais. Mais l'un et l'autre glissaient leurs mains à plat contre le mur, puis ils observaient sans expression aucune les grains scintillants qu'ils récoltaient. Ensuite, ils retournaient à leur siège et ils semblaient attendre. Ou plutôt : patienter.

Je pensais aussi aux sourcils froncés du père et de la mère. À l'odeur vinaigrée du père, qui suintait de plus en plus. À son absence, malgré la contiguïté de nos sièges. Au malaise constant de la mère. À sa manière de mordiller ses joues et ses lèvres, de pincer la bouche, de retenir ses larmes.

J'ai parfois pensé que ma singularité était une réaction allergique. Une trop grande sensibilité aux humeurs du père et de la mère. Bien en deçà des lois et règlements implantés au cerveau, sous les idées et concepts mémorisés par cœur, mon nouvel œil percevait un dérèglement du père et de la mère. Ça n'affectait pas les gestes routiniers ; l'automatisme se poursuivait jour après jour, selon l'horaire prescrit. Le dérèglement était à peine apparent à la surface de leur épiderme parfaitement hydraté. Impossible à détecter à travers le timbre froid de leur voix pendant la période de service professionnel. Le père et la mère assumaient leurs responsabilités civiques sans faillir. Or, le père et la mère semblaient infectés par un dérèglement croissant, un état émotif défectueux, une manière exaspérée d'exister, par défaut.

Parfois le père ricanait une seconde ou deux après avoir avalé quelques litres d'abrutissant. Parfois la mère soupirait de soulagement en refermant le panneau de contrôle des opérations sanitaires. Mais le soupir était aussitôt relayé par un tremblement du menton et un roulement angoissé du regard.

Plus mon œil au cerveau s'ouvrait, plus j'absorbais les humeurs de l'un et de l'autre, une lourdeur ainsi démultipliée dans ma chair minuscule. Je ne bougeais presque plus. Je répétais la routine, lever, coucher, avalement des nutriments, déplacements du dortoir au salon, mais les gestes étaient ralentis, pénibles. Lorsqu'une idée germait, je la laissais circuler en rond jusqu'à ce qu'elle se perde entre les ronflements du père et les sanglots de la mère.

Peut-être est-ce illusoire ? ai-je douté. Faille localisée entre synapses. Rien de concret, qu'un courant électrique inégal, ou bien une liaison chimique erratique.

Parfois le bio disjoncte, le corps est d'abord faillible et putrescible. Donc la perception aussi.

3

Mon nouvel œil se posait partout avec une attention d'une profondeur affolante. S'enfonçant sous chair, sous béton, pour s'ouvrir sur quelque chose d'imperceptible. Quelque chose qui augmentait les palpitations du cœur. Qui imposait le silence en tête.

Quelque chose qui semblait m'observer en retour. Avec la même attention.

Depuis ma singularité, le père m'observait autrement, aussi. Il patientait jusqu'à ce que je m'assoupisse pour aussitôt me surprendre par une gifle ou un serrement de nuque. Comme s'il cherchait à me maintenir en permanence sur le qui-vive.

Parfois il m'observait avec une telle charge de haine qu'un point glacé se formait au cerveau. Alors je m'enroulais sur moi-même pour éviter toute provocation et, malgré les consignes de la mère, je tentais d'imaginer ma liberté. La plupart du temps, je ne voyais rien. Qu'une absence d'angoisse, qu'un état détendu, comme si je pouvais prendre expansion, respirer.

Chaque fois, j'ouvrais les yeux sur l'étroitesse du logis. Et la sensation d'étouffement s'amplifiait.

Je ne me souvenais pas de ma première montée d'angoisse. Avais-je été surpris la première fois que mon cerveau avait formulé une question ? Y avait-il eu une véritable question en mots ou simplement une réaction organique, un haussement de sourcil déclenché par un stimulus inédit ?

Je n'avais pas non plus choisi l'intensité de l'effroi en observant la sœur noyée à la cuvette. Ou la sensation de froideur intense lorsque la mère avait pointé son index pour expliquer la mort inopinée des petits frères. Je n'avais rien choisi de tout ça. Ni l'incalculable somme de sensations, d'émotions, ni la suite d'opérations organiques qui se déployaient sans demander permission. Quelque part derrière le grouillement incessant des composantes automatiques de ma présence au monde, j'avais toujours été un témoin silencieux et passif.

Depuis ma singularité, j'observais autrement, sans faire exprès, malgré moi. J'observais la boucle prévisible des comportements du père et de la mère. La précision avec laquelle ils manifestaient toujours la même hargne, avec grimaces agencées toujours identiques. Même tristesse exprimée par longueur du visage et affaissement de l'expression. Même impatience du geste saccadé.

J'étais alors pris de nausées, d'un sentiment de révulsion intense.

J'étais coincé entre deux êtres programmés pour exécuter les mêmes opérations automatiques jusqu'à ce que le destin global de décomposition s'actualise.

Le Savoir imposait ses résumés synthétiques de l'Histoire, qu'il fallait mémoriser. L'opération insoluble d'un ancêtre démultiplié par lui-même en plusieurs couleurs de chair, en sexes complémentaires, en physionomies disparates, en langues innombrables. Un ancêtre ayant construit dans un passé immémorial un premier édifice à sa hauteur, un tout petit logis rapidement balayé par le vent ou la pluie, ou démoli à coups de griffes par des êtres poilus. Ou à plumes. Ou à écailles. Des êtres qui se démultipliaient en même temps que lui. Il fallait comprendre que la construction d'un édifice indestructible avait occupé toute l'existence de l'ancêtre initial et celle de sa descendance entière. Qu'on avait tout mis en œuvre pour protéger la chair fragile. Pour contrer tous les mouvements du temps, toutes les menaces du vivant, pour créer un environnement protégé de tout pour toujours. Les ancêtres ultérieurs avaient ensuite regroupé leurs minuscules logis en minuscules cités, lesquelles avaient alors suivi le cours naturel de l'évolution pour proliférer, rythme croissant, jusqu'à créer des millions de cités regroupées en mégapoles finalement organisées en États unifiés au sein de conglomérats universels. On enseignait que toutes les formules de construction avaient été exploitées, du petit au gigantesque, que l'horizon avait été saturé d'édifices empilés, emboîtés, que tous les continents avaient été compactés sous l'étalement d'une édification totale. On racontait aussi que toutes les cités s'étaient effondrées, que les effondrements s'étaient succédé, rythme frénétique, parfois par l'intervention violente de constructeurs compétitifs, parfois par l'accumulation de cataclysmes ; on certifiait que rien n'avait réussi à s'élever vraiment avant l'invention du Béton Total. Avant la construction de l'Édifice.

Je me demandais pourquoi ces histoires d'effondrements et de physionomies disparates m'angoissaient autant. Comme si je portais en moi le poids de tous ces êtres et constructions éphémères, comme si je percevais le rayonnement fossile de la totalité des effondrements, mais que je ne réussissais pas à saisir le déploiement d'intention, de volonté survoltée qui avait traversé la succession des ancêtres. Ça me semblait insensé, tous ces efforts, tous ces êtres, ces milliards de milliards de constructions détruites, reconstruites, transformées, éradiquées, réinventées pour aboutir jusqu'à moi, moi qui demeurais petit, pétrifié, silencieux entre les murs immobiles, lisses, indestructibles du Béton Total.

Les continents à perte de vue, les grands mouvements dans l'espace, les distances incalculables à l'œil, le corps précipité droit devant, à courir sans plafond, sans mur pour baliser l'avancée, tout semblait impossible.

Et je me demandais pourquoi apprendre tout ça, pourquoi se souvenir, même en schémas, même en quelques mots, de cette Histoire dont il ne subsistait que ça, justement, des schémas abstraits, des souvenirs en forme d'équations, des données à mémoriser en silence, mais qui stimulaient les nerfs d'une excitation barbare menaçant de déséquilibrer mon immobilité obligée.

Une nuit, le semblable flottait au-dessus de moi. Nous nous observions dans le vacarme des ronflements du père. Le semblable a touché ma tête d'un index froid. Toujours coincé au cerveau ? Avant que j'aie pu répondre, il a glissé son index sur mon front. J'ai ressenti une crampe, comme si le cerveau venait de se retourner sur lui-même. Le semblable a ensuite noué ses mains autour de mon crâne. J'ai ressenti un craquement. Puis mon corps s'est subitement désintégré.

J'ai complètement disparu, ai-je constaté avec une absence totale d'émotion. Que cette certitude : disparu. L'œil, fixé quelque part là où devait se trouver le cerveau, validait, sans mot, qu'une observation. En fait, l'œil n'observait rien. Aucun objet. L'œil était pure présence. Pendant une durée indéterminée, l'œil a observé cette dimension sans point de repère, sans objet. Puis quelque chose a bougé et j'ai basculé sur moi-même, aussitôt réveillé en sursaut. J'ai tâtonné et j'ai redécouvert bras, jambes, tête, langue, toute ma présence, intacte. Mais c'est inexact, a rectifié mon cerveau : l'œil s'était encore déplacé. Les idées semblaient s'agiter *devant* moi. Ou plus exactement, hors de moi. Comme si le corps et toutes ses sensations formaient autour de ma présence une membrane étrangère.

Avant ma disparition, j'attendais mon tour.

J'ai attendu très longtemps. J'aurais peut-être attendu jusqu'à putréfaction. La plupart patientent jusqu'à putréfaction.

Je me repliais sur moi-même, à comprimer mon corps jusqu'à n'être plus qu'un point de suspension qui oscillait contre le béton.

La plupart du temps, je craignais.

La mère l'avait bien répété : le pire est possible, donc tout est à craindre. En me remémorant les mots et les grimaces de la mère qui craignait pour moi qui ne comprenais jamais à quel point tout devait toujours être craint, je ressentais une morsure. Un nœud qui durcissait le ventre, brouillait les idées, crispait les muscles, limitait la respiration.

Pendant une éternité, j'ai donc repris place entre le père et la mère, en silence, sans trop bouger, que la mâchoire quelques secondes, le temps d'avaler les nutriments, l'œil vide sans point d'observation aucun, pour simuler une présence floue, afin d'éviter tout conflit, toute discussion, tout rapport non fonctionnel, de manière à retarder le plus longtemps possible l'exaspération inflammable du père ou la détresse exponentielle de la mère. J'ai patienté sans questionner, sans déranger qui ou quoi que ce soit.

Je craignais de faire de travers, de penser à moitié, de n'être pas adapté, de n'avoir pas su comprendre l'élémentaire. Et je savais depuis longtemps ce que je craignais vraiment, le pire de tous les possibles : ma présence paralysée, entre le père et la mère, une paralysie à perpétuité.

Depuis ma singularité, tout ce que j'avais cru comprendre jusque-là s'étiolait en brouillard d'idées informes, une soupe primordiale, ai-je un jour pensé, un retour à un état involué.

Le pourquoi sans point de repère avait contaminé le cerveau, le cœur, le ventre, s'infiltrait jusqu'à la moelle.

Nausée persistante.

Même allongé au sol, je ressentais une forme d'apesanteur, comme si chair et matière disparaissaient et que je flottais, présence abstraite au milieu de l'indéfini.

Tandis que l'œil au cerveau observait les automatismes du père et de la mère, alors que chaque réaction anodine, un éternuement, un haussement de sourcil, se chargeait d'étrangeté, le pourquoi semblait apparaître en filigrane à la surface de tous les objets, tous les moments, toutes les pensées.

Or, *pourquoi* n'était peut-être pas le bon mot.

Il me semblait inapproprié de poser une question au moyen d'un mot qui renvoyait à un objet. Et si ce n'était pas une question de *quoi* mais de *qui*? *Pourqui*? me suis-je mis à penser. Qui ou quoi, au final c'était identique, deux mots bruyants en tête, deux fois la preuve que plus rien n'allait vraiment de soi. *Pourqui* n'existait même pas dans le Savoir, ni le mot ni l'idée.

Quelque chose en moi cherchait une réponse à une question informe. Le point d'interrogation semblait autonome, flottant.

Comme s'il existait en lui-même.

Les derniers temps, je posais un œil sur le père, l'autre sur la mère. Malgré leur infection de l'humeur, le père et la mère ne remettaient rien en question. Jamais. Il suffisait d'observer pour bien constater la définition exacte de leur présence, de leur intention à persister, à *faire*.

Moi, je n'avais ni envie de faire, ni envie de ne pas faire. Le pourquoi avait tout désaxé. Tout ce qui était implanté en moi, les méthodes, les obligations, le programme même du corps, son automatisme à respirer.

Je perdais le souffle.

Souvent, d'un doigt je dessinais une fissure contre le béton.

J'aurais aimé avoir une tache à observer sur les murs de mon dortoir, quelques grains de poussière scintillante à rouler dans ma paume, mais il n'y avait rien, pas la moindre irrégularité. Il fallait imaginer.

J'imaginais donc mon corps compressé, microscopique, expulsé par une ouverture dans le mur. Mais aussitôt l'angoisse m'étranglait. Car je savais par cœur l'horreur de l'extérieur. L'idée de la fuite n'avait jamais été libération, qu'une possible accélération du processus de décomposition. Il ne fallait surtout pas sortir de l'Édifice.

Or, quelque chose de nouveau aurait peut-être pu s'y infiltrer. Un peu de vent. Une odeur de l'extérieur.

Celle de la chair morte des expulsés, pensais-je invariablement. Impossible d'imaginer l'extérieur sans craindre l'infection. Même l'extérieur le plus éloigné. Une planète d'un système solaire à cent millions d'années-lumière : morte, ou sur le point de générer les organismes prédisposés à la décomposition. Tout pourrit, partout, inévitablement. L'Univers entier, phénomène putréfiant. Alors, mieux vaut boucher le nez et ne rien percevoir du carnage en cours. À moins d'envisager la fin du carnage. Lorsque tout sera totalement détérioré, dissous, disparu. Le néant pur. Une absence d'effluves. Semblable à l'émanation froide du béton, peut-être. Fissure inutile dans ce cas, puisque rien de nouveau à percevoir.

Quoi d'autre imaginer ?

Quelque chose de *possible*.

Un événement minimal, pour accélérer la lenteur exponentielle du temps à patienter en silence au dortoir. Une fissure aurait pu laisser surgir un tout petit presque rien. Une goutte de pluie. Non, vraiment pas, refusait immédiatement le cerveau. Trop toxique. L'eau est forcément saturée par l'ensemble des agents infectieux accumulés depuis des milliards d'années sur la planète. Penser autrement, intimais-je au cerveau. Pas les réponses déjà attendues, pas les calculs obligés. Autrement, insistais-je d'une intention. Une fissure au réseau programmé du cerveau. Un doigt appuyant sur la froideur constante du Béton Total.

Si le trou avait été un peu plus grand, un filament de nuage aurait certainement pu s'y glisser sans bruit et virevolter au-dessus de mon corps immobile. Un nuage, ça ne menace pas, ça n'existe presque pas, ça ressemble à un souvenir léger, une idée en poussière de lumière.

Je dessinais une nouvelle ligne, plus longue. Puis je guettais. Non pas l'apparition d'une véritable fissure, mais celle du père et de sa grimace menaçante. Le frôlement du doigt contre le mur était suffisamment audible pour déclencher une séance de coups de pied.

Une nuit, la mère a murmuré au père :

Je meurs, je le sens.

Puis la mère a pleuré, sans bruit, un poing enfoncé dans la bouche, les yeux exorbités par trop d'idées lourdes liquéfiées en larmes.

Le père a aussitôt activé le système d'électrification sanitaire, dans un geste rendu maladroit par l'abrutissant.

Je ne veux pas, a hurlé la mère.

Jamais la mère n'a agi de la sorte, ai-je pensé, l'oreille collée contre la paroi qui délimitait l'espace de sommeil de chacun.

Une autre nuit, bien avant, la mère avait peut-être pleuré aussi, mais si peu. Je n'en peux plus, je veux m'en aller, avait-elle déclaré. Et le père avait murmuré d'une voix abrutie :

Il n'y a nulle part où aller.

Je m'étais souvenu de la poigne du père. Un geste quasi imperceptible, position immobile, la manière discrète de placer une main derrière la tête, enroulée autour du cou, l'autre plaquée sur la bouche et le nez de la mère. Et la mère n'avait pas pu se défendre, malgré la proximité des inconnus à quelques centimètres, de l'autre côté du mur de béton, malgré les systèmes de surveillance de l'Édifice, les patrouilles de sécurité dans le corridor, et malgré ma présence, moi, l'enfant au point de vue atrophié par la petitesse de sa cervelle embryonnaire. Ça n'avait duré qu'un instant. La mère n'était allée nulle part. Elle avait ensuite pleuré sans conviction.

Mais cette fois-ci, la mère était inconsolable.

Un cauchemar, a menti le père aux quatre contrôleurs de l'étage venus frapper à la porte.

Je pourris, je le sais, ça se sent, ça se voit, a murmuré la mère d'une voix éteinte.

Je m'étais approché malgré moi, sans idée, aucune intention. Je pressentais peut-être ce que j'allais découvrir, alors que le regard de la mère glissait contre le mien. Quelque chose que le cerveau a d'abord refusé d'accepter. Au fond du regard de la mère, aucun point d'interrogation. Qu'une surface. Il y avait bien ce corps de la mère, inaltéré, mais là où j'aurais dû percevoir l'œil au cerveau, une absence. Un *quoi* sans *qui*.

Ce regard était pourtant le même que la veille, que l'avant-veille, le même que toujours. J'ai reculé dans mon dortoir sans mot dire. Loin de la bouche de la mère, déchirée en un cri silencieux, dense, un trou noir qui aspirait en lui toute l'énergie environnante.

J'ai fermé les yeux. Et j'ai collé l'oreille contre le sol. Sous mon corps, vibrations encore amplifiées. La compression du Béton Total s'intensifiait.

L'enfant se sachant enfant s'imagine un possible après l'enfance. Un devenir, un autre soi, plus vrai, plus vivant. L'adulte, lui, est forcément un accomplissement, le pourquoi de l'enfant qui présume qu'il viendra, ce temps de maîtrise des choses et de l'existence, ce temps où tous les pourquoi et les comment évoluent en réponses complètes, absolues.

Le père et la mère étaient bel et bien des adultes. Mais le père s'abrutissait de plus en plus. Et la mère pourrissait au même rythme. Dans la continuité de ma filiation, j'étais donc condamné soit à l'abrutissement, soit à la putréfaction précoce ; une seule trajectoire en boucle, du dortoir à la cellule de travail, jusqu'à l'expulsion finale.

Zéro absolu. Autrefois, le concept m'avait semblé abstrait, une donnée supplémentaire pour tenter de saturer l'espace de ma mémoire. J'avais assimilé avec incompréhension le schéma de cet état théorique de la matière qui atteint la température la plus froide, où les molécules d'un corps voient leur quantité de mouvements et leur position précisément définies, avec énergie minimale. Mais j'ai fini par comprendre : position précisément définie, énergie minimale. Mais oui. C'était bien l'état du père et de la mère. L'état latent de tous les enfants de l'Édifice. L'état du Béton Total. L'état de l'horizon à l'écran du salon. Zéro absolu.

Le prélude avant la mort du Tout. Alors j'ai invoqué la mort.

D'une fissure dessinée au cœur.

Cette nuit-là, le semblable s'est infiltré au cerveau.

Comment sais-tu ce à quoi tu penses ?

J'ai conscience de ce à quoi je pense, ai-je hasardé.

Et qu'est-ce que la conscience, au juste ?

C'est le phénomène par lequel je sais que je sais, ai-je tenté de formuler.

Ce phénomène, quelle forme a-t-il ?

C'était une question absurde, j'ai donc haussé les épaules sans un mot.

Le bras a forme. La langue a forme. Le cerveau a forme. Et la conscience ? a insisté le semblable.

Je n'avais qu'une suite de points de suspension en tête, et pourtant je m'entendais argumenter :

La conscience n'est pas forme. Pas organe. Je ne sais pas exactement ce que c'est.

Alors le semblable a planté sa voix au fond de mon crâne.

Comment peux-tu ne pas savoir ce que c'est, puisque c'est précisément ce que tu es ?

J'ai tenté de résister à la nausée qui m'étourdissait.

Je ne comprends pas tout, ai-je balbutié.

Nous en revenons au cerveau, a-t-il soufflé.

Dans un enchevêtrement d'idées et de mots subitement frénétiques, je me suis alors entendu demander :

Si je ne suis ni bras ni cerveau ni organe, alors que suis-je ?

Je pensais bien connaître l'Édifice. Un système où toutes les opérations, toutes les particules, toutes les volontés adjointes assuraient la pérennité de l'unique réalité, la Matière. Mais qu'est-ce que la Matière, ai-je souvent demandé. La Matière, c'est la Vie, m'a-t-on répété avec exaspération. Alors j'ai mémorisé : l'Édifice est vivant. Le mur continu de Béton Total manifeste la perfection. À bien observer, on remarquait la jonction fluide entre le béton et la connexion au Savoir, comme si toute la connaissance surgissait du béton lui-même.

J'ai souhaité que ma chair durcisse jusqu'à ne plus trembler du tout. Que mon cerveau épaississe jusqu'à ce que les idées s'y fossilisent, cerveau silence. J'ai imité le mur, immobilité totale, respiration minimale.

4

L'enfant allait finir par disparaître, de toute façon. Nous le savions depuis le début. Nous disparus avant lui ou lui manquant maintenant, c'était prévisible, ai-je entendu le père murmurer d'un ton définitif, le lendemain de ma disparition. La mère a haussé les épaules. Et le père a soupiré, avec la même somme d'exaspération expulsée à la fois par la bouche et le nez. L'enfant était de plus en plus encombrant, c'est un signe, a-t-il certifié.

Le père a souvent relaté l'épreuve de mon engendrement. Tu n'imagines pas l'extravagante somme de soins à prodiguer dès ta naissance, répétait-il, ton absence totale d'autonomie. Cette manière de tout ramener à toi. Tu réclamais toute l'attention, jour et nuit, un corps hurlant qui siphonnait la moitié des vivres à lui seul. Tu as réduit l'espace vital disponible, tu puais, tu hurlais sans arrêt. Et la mère parfois complétait d'un hochement de tête. C'est vrai que c'est injuste, cette soumission d'un citoyen accompli à un petit bout d'être à peine formé.

Et je ressentais cette haine grandissante, la sensation d'étouffement du père, son besoin irrépressible de reprendre sa place, de dégager le peu d'horizon qu'il occupait avant que je n'apparaisse, l'envie de récupérer la quantité de nutriments qui m'était destinée en me réduisant à une masse inerte pelliculée expulsée à la décharge.

Un jour, après la mort des petits frères, j'ai tenté de fuir.

Ce matin-là, je me suis débattu au bout de l'étage, une jambe enfouie dans le conduit de la décharge, l'autre fixement retenue par deux agents sanitaires.

Je ne veux pas être immobilisé sous le père, répétais-je. Je préfère l'expulsion immédiate.

Les agents m'observaient, sans question, sans expression aucune, la poigne ferme. Et la mère est survenue. Elle a demandé quoi et pourquoi. Et j'ai alors déclaré :

Après les frères et les sœurs, il ne reste que moi à mettre sous pellicule.

Et la mère s'est excusée, dans un murmure d'abord, puis d'une voix plus assurée. Elle ne s'est pas excusée auprès de moi, ni ce jour-là ni jamais. C'est plutôt aux agents qu'elle s'adressait. L'enfant mérite sérieuse punition, a déclaré la mère aux agents imperturbables qui me maintenaient, position écartelée.

Ce matin-là, j'ai su toute la colère de la mère, et l'éventuelle fureur corollaire du père, aussi. La séquence des événements était prévisible : la mère ne tarderait pas à déclarer sa souffrance, son impuissance ; et le père irrité allait immédiatement exploser, une logorrhée d'insultes et de menaces déversée pendant des heures. Le père avalerait de l'abrutissant jusqu'à vomir puis, dans un de ses gestes sournois dont personne ne témoignerait jamais, il allait me traîner dans le cabinet sanitaire, me dissimuler au système de sécurité sous sa présence subitement immense, et me souiller promptement. Et la mère allait ensuite nettoyer le dégât en pleurant encore, en me reprochant au final l'accès de colère du père et ses invariables conséquences.

Les derniers jours avant ma disparition, je n'ai pas dormi ni feint le sommeil. Je me suis plutôt replié sur moi-même, parfaitement éveillé, en attente du prochain coup, de l'inévitable cascade d'insultes et de menaces. Car ça survenait, de plus en plus. Il suffisait d'un infime détail pour contrarier le père ; une maladresse du corps, un éternuement pour faire exploser la rage toujours latente. Le père ne disait mot pendant des jours, il ne regardait ni la mère ni personne, il répétait alors la boucle de ses obligations, s'installait devant l'écran et fixait son regard abruti sur la liste des expulsés.

Et puis soudain, il voulait dire. Il voulait être entendu. Alors il fallait écouter et ne pas bouger. Ne pas soupirer ni froncer les sourcils. Ne pas avoir soif ni gratter une démangeaison.

Il fallait ouvrir grands l'œil et l'oreille. Alors le père racontait. Toujours les mêmes histoires, avec la même excitation. Il disait :

Au seuil de l'Édifice, c'est l'horreur. Avant l'Édifice, c'était le chaos.

Le père expliquait le détail des atrocités commises par les expulsés. Au seuil, on assassine ses propres enfants. On peut tordre le cou. Enfoncer un pied dans la gorge jusqu'à faire craquer le crâne. On peut creuser un trou pour y planter la tête entière et couvrir de poussière de cadavre jusqu'à l'étouffement. Le père mimait alors les scènes de torture, il enfonçait son poing dans ma bouche. Je pourrais pousser un peu plus et faire gicler ton cerveau par tes oreilles, disait-il. Il décrivait avec insistance l'agonie de la soif, les démangeaisons généralisées de l'infection, la brûlure du pus qui remplit le ventre et les poumons. Il me pinçait là ou là pour l'expérience, pour mieux me faire comprendre. Il étranglait la mère, une toute petite minute à peine, le temps de voir rougir puis bleuir son visage, toujours pour bien m'instruire, expliquait-il. Il déféquait dans sa main, puis maculait nos visages, pour simuler une opération de camouflage. Il assurait que c'était la technique de survie. Qu'il fallait mémoriser, advenant l'expulsion de l'Édifice. Et si la mère était prise de nausées, si elle osait vomir, le père était alors contrarié. La mère était accusée de faiblesse, d'incompréhension, de trahison. Un cri de surprise ou un bref mouvement de recul suscitait une montée de violence irrépressible. Il ne fallait jamais contrarier le père. Il fallait accepter, passif, les humeurs ou les silences. Il ne fallait pas manifester souffrance après punition, peu importait la profondeur des plaies. Alors j'ai ravalé larmes, arguments et gémissements, malgré l'état de tension qui grandissait en moi. Nul autre choix que l'immobilité. Réaction béton.

Après tout, il fallait parer à toute éventualité : l'expulsion de l'Édifice était imminente ; le corps, menacé par toutes les infections. Tôt ou tard, la souffrance l'emporterait sur l'ensemble des possibles.

La veille de ma disparition, j'ai simulé la réparation d'un étage virtuel de l'Édifice avec une suite de gestes précis, rapides, automatiques, respiration égale, température corporelle normale, activité glandulaire optimale. Mais parmi les mille trillions d'opérations biologiques de ma présence au monde, une seule, inédite, a radicalement modifié mon humeur : à l'heure de la sieste, j'ai tenté d'envisager un univers autre que le mien, sans étage virtuel à rénover, sans décontamination au petit déjeuner, sans infection à désinfecter, une destinée sans décomposition, sans menace d'expulsion.

Mais il faut dormir et manger. D'où l'obligation du béton et de la production d'oligonutrition. Il faut également apprendre, pour faire ensuite. Car qu'est-ce que l'existence sinon ce processus d'action-réaction, ce mouvement continu du corps et des idées dans l'espace-temps, si réduit soit-il ? Mais encore faut-il savoir faire, me répétait-on depuis le début, d'où la pertinence de l'éducation. Et puis, il faut d'abord devenir, aussi, pour parvenir à savoir faire. Donc nécessité de protéger la destinée. D'où l'inévitable décontamination, puisque sans cesse guettent par milliers les bactéries, virus, maladies, toujours la mort droit devant et partout autour. Alors il faut tout stériliser en permanence. Équations, déductions ; à force de résistance et de maintenance, à coups de stérilisation et de répétitions, par démesure d'efforts continus apparaissent vraisemblablement l'épuisement, l'usure. L'infection de l'humeur est peut-être le premier symptôme de la putréfaction, ai-je calculé. Tout était alors justifiable, et la logique du père et de la mère, et leur manière d'être, et l'ensemble des opérations de l'Édifice.

Obligations, nécessités, menaces, enfermement hygiénique pour ralentir l'inéluctable disparition. Boucle de nutrition et de décontamination, de regards et de soupirs exaspérés, menace incessante d'infection et d'expulsion, suite ininterrompue de manœuvres de gestion jusqu'à terminaison, enfermé sous béton, ou expulsé dans la griseur.

Tout était totalement explicable. Tout était totalement prévisible : la boucle du devenir m'apparaissait tel un nœud d'étranglement.

Cette nuit-là, le semblable a pointé le doigt vers quelque chose au-dessus de ma tête.

Lui !

J'ai suivi la direction désignée, sans rien distinguer.

Très petit, j'en conviens, a-t-il dit. Encore minuscule, frêle même, mais on perçoit déjà sa personnalité. Il deviendra touffu, en rondeur.

J'ai observé à nouveau et subitement un nuage est apparu. Le semblable et moi n'étions plus enfermés sous béton ; nous nous tenions au milieu d'une étendue indéfinie. Le semblable s'est alors éloigné.

Où vas-tu ? ai-je pensé.

J'explore le ciel, a répondu le semblable en sifflotant.

Alors j'ai levé les yeux et j'ai vu, là où il n'y avait rien, le ciel.

Pour la première fois, je découvrais un espace sans contraintes, d'une immensité insoupçonnée. Le choc a été à ce point brutal que j'ai hurlé. J'ai tout de suite pensé que je n'avais aucune raison de me contenir, que mon corps devait s'éparpiller en cellules libres pour explorer toutes les directions. J'ai senti mon œil au cerveau gonfler, déborder de ma tête, en une seconde je suis devenu immense jusqu'à percevoir mon corps tel un petit point obscur, un grain de poussière.

Tu n'imagines pas le nombre de nuages qui apparaissent à chaque seconde. Et ça se transforme, un mouvement permanent, ça surgit, ça jaillit ça scintille, et la mélodie, les particules d'eau chantent lorsqu'elles s'osmosent les unes aux autres. Tu as déjà entendu la musique ?

Puis le semblable a filé et disparu à l'horizon.

J'avais envie moi aussi de m'approcher des nuages, d'entendre la musique. Dans un élan pour le suivre, j'ai foncé tête première sur le mur du dortoir ; je suis retombé aussitôt au sol, qui semblait poreux, flexible, léger.

Le jour de ma disparition, au réveil, j'ai observé de nouveau le plafond. Aucune ombre n'y glissait. Aucune fissure au mur. Il n'y avait rien. Qu'une surface lisse.

Je me suis alors demandé à quoi pouvait ressembler la mort.

Par une aberrante équation mentale, j'avais toujours pensé que la mort était une décomposition continue. Chaque fois que j'avais craint l'expulsion, chaque fois que j'avais visualisé mon corps couvert de taches noires ouvertes sur mes organes infestés de bactéries anaérobiques, j'avais atteint un seuil d'effroi si grand que j'étais resté là, paralysé, incapable d'imaginer davantage.

La décomposition avait toujours été la pensée ultime.

Mais après ?

Pendant des années, le père avait affirmé qu'il valait mieux éviter la question. Que la connaissance de la décomposition constituait l'épreuve extrême. Il y avait donc une épreuve à ce point pénible que je ne pouvais en soutenir l'explication.

Or, le jour de ma disparition, j'ai voulu savoir.

Tandis que la mère m'assurait que les exclus se dévoraient les uns les autres, j'ai demandé à nouveau l'explication de la mort. Et dans un élan d'impatience, le père a alors formulé une réponse inédite :

Si je savais ce qu'est la mort, si la mort s'avérait autre chose que la vie, un autre possible, tu imagines vraiment que je persisterais à survivre ? La mort, c'est probablement le pire des sévices, alors vaut mieux l'éviter le plus longtemps possible.

Et la mère a soupiré :

L'enfant est d'une pauvreté conceptuelle effarante.

Quelques minutes avant ma disparition, la mère soupirait ; le père avalait l'abrutissant ; j'observais l'un et l'autre sans bouger.

À l'écran, la foule des expulsés s'agitait au seuil de l'Édifice. Un vieil homme nu courait entre les milliers d'itinérants, dos voûté, déformé ; parfois le vieillard s'arrêtait pour cracher au ciel des hurlements, des éclats de rire, des coups de poing. Sans expression aucune, la mère et moi suivions le spectacle des yeux.

La mère s'imaginait là, elle aussi, nue et hurlante, à exposer une fois pour toutes ses souffrances.

J'observais l'un et l'autre d'un œil fixe.

Quelque chose remuait, en moi.

La présence immense du père remplissait l'espace du minuscule logis. Le père savait comment d'un regard me réduire à presque rien. La mère savait anticiper d'une grimace angoissée mon éventuelle grandeur problématique et m'enseigner chaque jour à me replier sur moi-même, malgré mon incessante petitesse.

L'enfant est enfant du père et de la mère depuis trop longtemps, ai-je entendu au cerveau.

Alors, l'enfant qui la veille encore obéissait aux protocoles, cet enfant au parcours éducatif normal, sans aucun antécédent médical, cet enfant qui n'avait d'abord été qu'un bout de chair insignifiant qui tétait ou dormait, qui répétait les mêmes grimaces que ses géniteurs, qui était conformé à la même destinée qu'eux, cet enfant-là subitement a déclaré :

Je ne comprends pas pourquoi.

La mère s'est rigidifiée. Aucune émotion, aucune question, qu'une simple interruption. Un grain de poussière parmi les mille trillions d'opérations maintenant son immobilité au salon.

J'ai dit à peu près la même chose, un jour, moi aussi. Mais ça ne fonctionne pas comme ça, a rétorqué le père d'une voix engluée.

La mère a froissé le nez :

L'enfant ne sait pas encore réfléchir.

Toute mon existence durant, le savoir du père et les sentiments de la mère ont eu réponse à tout. Souvent, il a suffi d'un mot ou même d'un début de grimace pour orienter humeurs et pensées dans le même sens, celui du père et de la mère, direction achevée sur un soupir, parfois impatient, souvent insatisfait, toujours impuissant.

Mais ce jour-là, je me suis avancé à la limite de mon siège, le corps en suspens au-dessus du béton, et j'ai précisé d'une voix si grave qu'elle semblait surgir directement du ventre :

Je ne comprends pas pourquoi je devrais continuer.

Continuer quoi, au juste ? a demandé la mère.

Continuer tout, à patienter, à faire répétitions jusqu'à putréfaction, ai-je murmuré.

Ce n'est pas si simple ; c'est même absolument compliqué. On peut rêver, c'est certain. Ça fait un temps, mais bon, a contredit la mère avec la conviction d'une expérience continue de la souffrance.

Et subitement le père s'est redressé.

Ça fonctionne comme ça fonctionne. On fait avec. Autrement on devient fou. À moins de l'être déjà. Ce qui est souvent le cas. Ce qui semble effectivement être le cas pour toi.

J'aurais pu capituler, comme toujours, comme on me l'avait enseigné, et me concentrer sur le va-et-vient au seuil de l'Édifice, sur la venue du prochain fou. Je savais bien ce que je provoquais.

Mais plutôt que de me protéger, j'ai alors affirmé avec une certitude qu'on ne me connaissait pas :

Je ne peux pas faire comme vous. Ça n'a aucun sens. Vous êtes déjà le pire. Vous êtes déjà la mort.

Il y a eu ce noir. Une interruption. Peut-être en moi. Peut-être entre le père, la mère et moi. Peut-être le luminaire momentanément éteint. L'écran brouillé. La ligne temporelle brisée, quelques secondes escamotées.

Puis. Gifles du père. Trois. Quatre.

De plus en plus violentes.

Il est temps que tu comprennes le sens de ton existence, a sifflé le père.

Puis il m'a traîné contre le mur. Moi sans plus aucun réflexe. Aucun automatisme. Souffle interrompu.

Et c'est à cette extrémité de ma singularité, alors que j'étais totalement coincé, que j'ai commencé à percevoir ce qui se tramait derrière mon œil au cerveau.

Quelque chose n'avait pas pu éclore entre le père et la mère, entre les limites trop étroites du logis. Un nœud en moi, qui s'était densifié par la répétition aliénante du même. Un nœud de plus en plus compressé par l'impuissance croissante de la mère. Par la violence insoutenable du père. Toute ma présence s'était réduite à ce nœud minuscule qui se dissimulait derrière mon œil au cerveau. Un point microscopique qui révélait mes limites. Qui forçait mes limites. Pour s'en dégager. Mais il n'y avait aucune place pour moi au 804, étage 5969. Aucune place dans mon propre corps. J'étais déjà beaucoup trop grand malgré ma petitesse, beaucoup trop présent. Je ne voulais plus être *là,* du tout. Mais il n'y avait nulle part où aller, je savais bien.

Alors le père a explosé.

Coups de pied, coups de poing. Pieds à plat sur l'estomac. Sur la tête. Pied contre le cœur.

J'ai absorbé les coups, pris la forme voulue sous la poussée du pied, sous la poussée des mains grandes ouvertes du père. Poussée du corps entier, projeté contre le mien. Et peu à peu, la mère s'est retirée. Elle s'est installée à son siège, a observé à nouveau l'écran. Parfois ses paupières frémissaient, parfois sa lèvre inférieure tremblait. Ses mains se sont nouées contre son ventre. La mère a semblé ignorer les halètements du père, qui forçait, qui poussait. La mère n'a pas entendu mes gémissements, étouffés sous le ventre du père.

Le père qui m'écrasait de tout son poids, qui suffoquait lui-même à force de faire pression, à force de me repousser contre le béton. Je sentais mon regard se creuser, de plus en plus profond. J'avalais celui déterminé du père. Et le père a chargé, puis poussé, poussé, malgré l'étrange consistance de mon corps qui s'enfonçait dans le béton. Le père a frappé, frappé, écrasé, poussé, poussé, repoussé…

Alors je suis disparu.

5

Instant premier, je reçois coups.

Je ne vois plus.

N'entends plus du tout.

Qu'un hurlement de nerfs sous chair éclatée.

Je n'oppose aucune résistance. Je m'abandonne.

Instant suivant, tout s'interrompt, aucune sensation.

Plus aucune perception.

Je m'enfonce.

Emmuré dans le Béton Total.

Instant suivant, ouïe, vue se réactivent. En même temps.

En mieux.

Je ne regarde plus à travers mes yeux.

Je n'entends plus par mes oreilles.

La vision et l'audition se déplacent, par-delà mon corps emmuré. J'entends de nouveau le souffle court du père et le serrement de mâchoires de la mère. Je perçois le fou qui s'agite à l'écran. Je réussis à saisir le logis entier d'un seul regard. Le béton m'aspire.

Autour de moi, que moi, béton.

Et je m'enfonce, m'enfonce.

Immobile.

Je ne résiste pas, mes dernières tensions se défont ; libéré le nœud de contrariétés au cerveau, dissoute la charge d'effroi au cœur.

Combien de temps, je ne sais pas.

J'ai compté les pas de la mère au salon. 1433. 2547. Le père observait l'écran d'un œil, de l'autre il supervisait la coulée de l'abrutissant en gorge. Puis le père et la mère dormaient, ils s'agitaient, grognaient, ils s'éveillaient, reprenaient routine, respiration égale, gestes automatiques dans le microcircuit du logis.

Toujours même.

Toujours, même.

J'ai cru que tout était achevé, que j'allais entrer dans un véritable sommeil. C'était l'accalmie.

Je n'avais plus corps.

Qu'un œil qui observait.

Et une oreille, ouverte.

Aucune intention. Aucune idée.

Juste besoin de dormir, dormir vraiment.

Je flottais, présence informe en suspens.

Combien de temps j'ai flotté dans l'indéfini, je ne sais pas.

Parfois je retrouvais ma présence emmurée au salon.

Et pourtant j'étais libre.

Avant mon *emmuration*, j'avais dû suivre la routine, l'exécuter du réveil au sommeil, sans arrêt, sans répit aucun.

Avant, j'avais été longtemps immobilisé sur mon siège, mais toujours occupé à ne pas bouger.

Je n'avais plus à feindre le sommeil non plus, puisque le père et la mère ne me percevaient plus du tout.

Aucune obligation, aucune crainte.

J'observais le silence. Pas le silence obligatoire imposé par le regard suppliant de la mère ; pas le silence lourd sous la présence immense du père ; pas le silence protocolaire de l'Édifice.

C'était un silence improbable jusqu'à ce jour.

Un silence qui ne dissimulait rien, ouvert comme une oreille et une bouche à la fois.

Alors, j'ai commencé à respirer.

J'étais présence minuscule fossilisée à quelques centimètres de la surface du mur du salon. Tout béton.

Et pourtant je palpitais, je frémissais.

Je n'avais pas vraiment disparu. Au contraire, je sentais battre en moi quelque chose de nouveau. Une puissance qui grandissait.

Je m'éveillais.

D'un sommeil bien plus profond que celui du corps.

6

J'ai alors compris que je pouvais maintenant circuler.

Autrement.

Un jour, l'agent sanitaire est venu récupérer le lot de déchets. Je l'ai suivi du regard lorsqu'il s'est éloigné. Malgré la porte refermée. Malgré l'épaisseur du mur séparant le logis du corridor.

J'avais besoin d'un point de repère où me fixer. À partir duquel j'en découvrais un autre, pour m'y projeter. Il suffisait ensuite de penser à un endroit mémorisé pour aussitôt l'atteindre.

Les premiers temps, j'ai réappris à tout observer.

Je traversais les logis pour retrouver similitudes entre semblables, répétitions identiques derrière chaque porte. Mêmes cellules de travail, mêmes dortoirs étroits, mêmes taches aux murs de tous les salons. Je pensais à comparer et soudain deux logis surgissaient juxtaposés dans l'espace toujours plus vaste du regard. Deux logis puis cinq. Puis l'étage entier. Je captais toutes les données à la fois, milliers de sièges en grappe, mêmes structures osseuses, même couleur du sang pour pères, mères et enfants. Je pouvais tout observer, mouvements des corps, des fluides au-dedans, étincelles aux neurones, mêmes regards qui évitaient regards qui observaient regards absorbés par pareilles pensées dans innombrables cerveaux à la fois.

Il suffisait d'ouvrir l'œil davantage pour déplacer les cloisons du regard. Pour dilater le point d'observation. Avec mes yeux d'avant l'emmuration, tout était limité, à définir, à circonscrire, à cataloguer.

Alors que, désormais, j'embrassais l'ensemble.

J'avais tout observé, étage 5969.

Je pensais que l'Édifice entier était un assemblage de duplications du même.

J'étais persuadé qu'à patienter je ne pouvais rien espérer, qu'une observation continue du même, en boucle.

Il y avait la décharge au bout de l'étage.

Je pouvais m'y infiltrer. M'accrocher à un lot de déchets. À un résident inopinément décédé. Glisser du regard jusqu'à l'extérieur. Observer la décomposition en mode macro. Puis, peut-être, réussir à m'éloigner dans l'indéfini de l'horizon.

J'ai à peine hésité. Je connaissais déjà tout de l'enfermement sous béton. Le point d'interrogation semblait se courber dans une seule direction.

La dernière phase d'expulsion du jour s'est alors enclenchée.

Le seul cadavre de l'étage, un enfant minuscule sous pellicule, a glissé dans un sifflement continu dans la chute de la décharge.

Et je me suis accroché à sa petite main refermée en poing trop serré. Très vite d'autres décédés et d'autres expulsés des étages supérieurs, inférieurs, se sont entassés dans le conduit principal, agitation frénétique et chair rigide en chute libre, froissement de pellicules, étages 5831, 5690, 4849, 4395, 3185, 2763, vitesse constante. Je m'accrochais au poing de l'enfant, j'y concentrais le regard entier.

La mère m'avait souvent assuré que le poids du corps des expulsés doublait pendant la chute au seuil de l'Édifice, que cette lourdeur de la chair implosait immédiatement au cerveau en accès de folie.

Je tentais de freiner la montée de terreur. La mienne ou celle des expulsés ? Je ne savais plus. Tout me traversait. Angoisse à exploser les neurones des condamnés, nausées, douleurs fulgurantes au cœur, au cerveau. Comme si je venais de retrouver mon corps. Mais l'œil enroulé sur lui-même ne révélait que des carcasses étrangères, que des visages de pères et mères qui n'étaient pas miens.

Je suis emmuré étage 5969, me répétais-je.

Mais la terreur enflait.

Quelque chose en moi savait déjà ce que j'allais découvrir.

Quelque chose qui allait s'enflammer à travers mon œil.

Et nous chutions toujours. Centaines d'étages. Milliers.

Arrêt brutal.

Nous nous sommes écrasés contre une surface d'acier. Tout le contenu du conduit s'est tassé sur lui-même. Compressé. Jusqu'à réduire les gestes frénétiques à des tremblements immédiatement absorbés par la fixité des cadavres.

Aussitôt, la surface d'acier s'est ouverte sur un vaste bassin de verre rempli d'une substance laiteuse. Expulsés vivants et cadavres, exactement 1956 corps désarticulés ont plongé pêle-mêle au fond du bassin.

Et puis j'ai vu.

Les corps, explosés. Démembrés par la puissance des courants invisibles qui roulaient dans le bassin. Des volutes de sang ont commencé à percer la surface immaculée de la substance. Des os, déjà complètement blanchis, émergeaient à travers des spirales de bulles roses, rouges.

J'ai entendu un grondement. Un grand tourbillon s'est formé, a tout avalé dans un mouvement circulaire. Le bassin s'est clarifié.

En quelques secondes tout avait été dissous.

Et j'ai pu voir au fond. Sous le bassin.

À travers un conduit transparent, spiralé, une purée rose glissait, aussitôt récupérée par un entrelacement tubulaire.

Les expulsés n'avaient pas chuté jusqu'au seuil de l'Édifice.

Nous étions étage 600.

Et la purée remontait déjà, processus ramifié jusqu'au 1879.

J'ai suivi le cours des opérations. La trajectoire à travers les départements spécialisés automatisés. Des centaines d'étages sans aucun semblable, sans aucun vivant. Que des opérations ininterrompues. Purée purifiée, concentrée. Tamisée.

En nutriments.

Je n'ai pas compris immédiatement.

Pas réalisé combien de nutriments avalés. Ni calculé la quantité de chair en purée digérée depuis ma naissance.

Savoir d'abord. Suivre le cours des opérations. Puis, bien après, peut-être comprendre.

Les informations venaient s'ancrer les unes aux autres, tandis que je balayais tout du regard.

J'ai vu les résidus de la purée chuter à nouveau, mêmes conduits transparents, spiralés. Purée plus foncée, presque rouge, poussée sans interruption jusqu'à l'étage 1367 pour aboutir dans un nouveau bassin.

J'ai alors perçu une odeur familière. Un effluve âcre, lourd, puant. Une odeur répugnante. Celle des déchets organiques. Qui glissaient du circuit sanitaire jusqu'au bassin.

J'ai vu les résidus de la purée mélangés ; matière fécale homogénéisée, le tout filtré, chauffé, puis nouvelle opération de division, le concentré solide renvoyé dans le circuit énergétique de l'Édifice, et la part liquide sublimée, jusqu'à l'obtention d'une substance incolore.

L'abrutissant.

L'immensité du mensonge ne suscitait ni effroi ni soulagement. Qu'un état de stupeur.

Le sort des expulsés avait toujours été associé à un carnage, un chaos de suppliciés au seuil de l'Édifice, un vacarme de hurlements, un amalgame de présences hystériques alimenté par de nouvelles expulsions. L'horreur en continu.

Or, à l'étage 600, aucune agonie, qu'une dissolution aseptisée. Immédiate. Le chaos était homogénéisé. L'horreur venait de basculer ailleurs.

J'avais patienté en silence entre père et mère pour nourrir un semblable à naître qui allait patienter entre père et mère pour nourrir à son tour. Nous formions une chaîne alimentaire autophage sous béton. Une boucle d'avalement. Une condamnation univoque. Mais pourquoi ?

Tandis que les idées s'entremêlaient au ralenti, un souvenir s'est brusquement imposé. Une odeur. Vinaigrée. Celle du père sous abrutissant. Celui par qui j'étais entré dans ce grand avalement.

Un relais putride dont j'étais l'aboutissement, la continuité.

La révulsion a été si violente que je me suis senti projeté, tiré vers l'arrière, ramené au point de départ, mur du salon, emmuration initiale. Sans plus aucune vision.

Alors j'ai commencé à entendre les voix.

Des voix multiples, timbres différents, même effroi. Toutes à la fois.

Nous n'avons pas pu manger ni pères ni mères !

Comment avons-nous pu avaler les arrières des arrières ?

Nous avons bien vu, à l'écran, les assassinats, les suicides, les millions d'itinérants sous la pluie, le vent.

N'avons-nous pas vu ?

Nous avons bien observé, tous les jours, l'infection, la putréfaction.

Oui, nous avons vu.

Oui, nous avons mangé.

Oui, nous sommes chair de chair par chair consommée.

Je n'avais plus qu'une idée : m'arracher à l'Édifice. Trouver comment vraiment disparaître ou fuir, peu importe où.

Je savais bien que c'était mon intention depuis ma singularité. Depuis cette question du pourquoi tout ça. Depuis bien avant, même, lorsque je guettais l'apparition de la fissure.

Comment m'arracher à cette boucle de répétitions jusqu'à décomposition ?

J'ai donc cherché l'issue. Le chemin vers le seuil.

J'ai plongé l'œil dans la décharge de cent cinq étages, en cours de chute cherché d'autres voies d'accès, d'autres ramifications au système d'expulsion. Errance en circuit fermé.

Tout glissait, vitesse constante, vers le même bassin agité.

J'ai plongé dans les cuvettes, suivi le cours des déchets organiques. Tout convergeait, immédiatement sublimé en source énergétique.

J'ai fouillé les conduits d'oxygénation. Abouti dans un dédale, filtres et ventilateurs répartis sur quatre cents étages.

J'ai compté : deux mille six cents étages d'opérations autonomes, sans aucun semblable. Que des chaînes de production. Un système perpétuel sous béton.

Lorsque je tentais de traverser le Béton Total, j'étais aussitôt ramené au point de mon emmuration. Ce qui subsistait de *moi* cherchait alors à se replier sur lui-même. À se protéger.

Et j'ai cru comprendre : rien ni personne n'atteignait jamais l'extérieur.

Peut-être n'y avait-il plus d'extérieur. Du tout.

Pourtant, les suicides et les assassinats se perpétraient au même rythme. À l'écran, les nouveaux expulsés se confondaient parmi les millions d'itinérants autour de l'Édifice. Un nuage traversait l'horizon gris.

Un vieillard agitait son poing vers le ciel. Du sang coulait le long de son bras. La coulisse glissait lentement contre la chair flétrie. J'ai fixé. J'ai pensé me trouver juste là, dans ce poing. Projection immédiate.

J'avais trouvé comment.

Et mon œil s'est ouvert ailleurs.

Soudain, j'y étais.

Non pas au seuil de l'Édifice. Non pas à l'extérieur sous un nuage gris. Mais plutôt dans un espace clos. Vide, obscur.

Quelque chose scintillait dans la pénombre. Une image translucide. Puis une autre, juxtaposée. Des formes animées ondoyaient.

J'ai cru avoir plongé dans une mémoire vive. Une salle d'archives. Mais les images ne s'accumulaient pas. Elles se succédaient, rythme précis.

J'ai pensé avoir plongé au fond d'un cerveau. Celui d'un résident observant les expulsions en cours. Ou plutôt celui d'un expulsé rêvant de ce qu'il venait de percevoir. Peut-être les images au cerveau avaient-elles cette planéité ondoyante, cet état semblable à une pellicule, à la mince découpe d'un événement.

Mais au fil de mon observation, j'ai vu des inconnus apparaître dans une posture impossible, membres collés au tronc, menton enfoncé dans le torse, bassin suspendu à la verticale. Les corps semblaient agités de mouvements tandis que les regards fixes confirmaient l'état cadavérique. Puis, brusquement, le corps s'affaissait *vers le haut,* tous les membres écrasés sur une masse invisible. Sous un froissement de pellicule.

J'ai fini par comprendre que la suspension à la verticale était plutôt une déformation d'optique d'un corps en chute dans un conduit.

Je visualisais des images saisies pendant l'expulsion par des capteurs incrustés aux conduits d'évacuation. Images des inopinément décédés. Captations immédiatement modélisées, puis réanimées, autrement, sur les écrans.

J'ai ensuite observé, longtemps. Le processus. Images de cadavres alignés, articulés tous à la fois, postures hystériques, d'autres mimant meurtres perpétrés et morts agencées, séquences parfaitement synchrones.

Tout se jouait en opérations ininterrompues, chair virtuelle mise en scène, procédé automatique.

Jusqu'à la diffusion, simultanée sur tous les écrans de l'Édifice, sur fond de griseur.

Dans la pièce obscure, personne. Rien.

Que le Béton Total qui protégeait l'accès.

Et quelque chose au mur.

Un résidu de mon imagination, un désir longtemps souhaité, si souvent visualisé.

En mieux. En beaucoup plus vaste.

Une fissure.

Ou plutôt un réseau de fissures, bien nettes.

En observant de plus près, j'ai compris qu'il s'agissait d'un symbole gravé à même le béton.

Hormis les taches aux murs des salons, je savais bien que le Béton Total était toujours lisse, partout. Il suffisait pourtant de glisser le regard dans les gravures pour constater qu'elles dataient de l'origine de l'Édifice. Quelqu'un avait dessiné d'une main assurée un réseau complexe de lignes courbes et de sous-ensembles avant la solidification, tandis que le béton était encore frais.

De loin, j'avais cru percevoir un astre, un corps céleste. Mais en m'accrochant à la surface de la gravure, stupeur.

Le symbole était familier. Je m'approchais et m'éloignais de la gravure dans un mouvement continu mais désordonné. Or, peu importait le point de vue, la sensation d'intense familiarité augmentait.

Le réseau de fissures formait un visage.

Semblable à tous les visages des pères, mères et enfants de l'Édifice.

Mon visage.

Aussitôt, violente répulsion du regard, vers l'arrière.

Mais plutôt que de m'immobiliser au point de mon emmuration, j'ai été projeté plus loin, de l'autre côté du mur.

De l'autre côté de l'Édifice.

J'étais bel et bien à l'extérieur de l'Édifice.

Or, il n'y avait aucun rassemblement d'expulsés. Aucun ciel gris, aucun nuage. De l'autre côté du Béton Total, une matière obscure. Dense, inerte.

Je percevais la présence de l'Édifice, à proximité. J'aurais pu y revenir immédiatement. Mais j'étais tétanisé par quelque chose de plus grave que la peur ou l'effroi. Plus corrosif que la révulsion.

Une véritable fissure venait d'apparaître, à la surface de mon regard.

Quelque chose allait crever. S'épandre. Se dissoudre.

Mon regard semblait encapsulé sous une fine membrane qui délimitait les pourtours de ma présence.

J'allais disparaître, complètement, si je ne fuyais pas sur-le-champ. Je sentais que le processus était en cours, que la dissolution s'était accélérée au moment où j'avais découvert mon visage gravé dans l'Édifice.

Comme si la parcelle du *qui* retournée sur moi-même avait trouvé sa véritable source. Et voulait s'y fondre. Et pourtant, quelque chose de *moi* subsistait.

Quelque chose qui *voulait* subsister.

Alors je me suis enfoncé. Dans la Matière Noire, versant nord de l'Édifice. Toujours droit devant, je me suis éloigné. Pendant combien de temps, je ne sais pas. Je m'accrochais à l'objectif de l'avancée. Je ne pouvais plus rien. Aucun lieu à rejoindre. Que cette même densité obscure à traverser.

Que cette intention de m'éloigner de l'Édifice.

Pendant cette longue traversée de la Matière Noire, je suis peu à peu entré dans un grand silence. La fissure continuait de s'élargir en moi. Je n'avais plus corps depuis longtemps déjà, avais-je pensé jusque-là, mais c'était inexact, ma conscience était une autre forme de noyau central de mon être, la véritable présence dont mon corps avait été la carapace. J'étais toujours *moi.* Le moi qui se définissait par rapport au père et à la mère, le moi avec son parcours singulier. Je savais n'avoir jamais été nommé ; je me souvenais de mes codes d'identification. Je savais précisément où mon corps était emmuré. Pendant la traversée de la Matière Noire, il ne subsistait plus que *moi.* Ce petit noyau de sens qui avançait, poussé par la toute dernière intention.

Ne pas dissoudre ce petit point de conscience que j'étais.

Ne pas dissoudre la conscience.

Exister.

J'ai fini par atteindre l'extrémité de la Matière Noire.

Quelque chose de violemment lumineux se dressait. Une surface verticale, lisse. Reconnaissable entre toutes. Le Béton Total.

Depuis la Matière Noire, le lieu de mon enfermement se révélait sous un angle inattendu. Je découvrais un centre de rayonnement. L'émission énergétique qui en émanait m'apparaissait d'une puissance insoutenable. J'avais fait le tour de l'astre, pour revenir à l'Édifice, versant sud.

Aussitôt, j'ai été ravalé par le Béton Total. Circuit bouclé. Retour au toujours même. Enfin, presque.

7

Je suis au 804, étage 5969, là où j'ai été enfermé depuis ma naissance.

Je ne suis plus attaché à mon corps. Mon regard transperce la surface du Béton Total. Le mur se révèle translucide. Je distingue l'épaisseur de la structure de l'Édifice, et la densité homogène de la Matière Noire derrière. En avant-plan, là où j'ai guetté pendant si longtemps l'apparition d'une fissure, les trois taches sombres aux murs du salon irradient.

Une quatrième tache est apparue.

Ma tache.

Juste dessous, mon corps emmuré est suspendu, entre plancher et plafond. Coincé entre les trois autres taches. Trois autres corps.

Vos corps.

Tu es maintenant prêt.

Dès que je t'ai découvert, j'ai su que tu étais mon arrière-père.

Nous sommes identiques, avant-petit.

Nous ne sommes pas deux, nous sommes ensemble.

L'un et l'autre et notre conscience commune.

C'est la mort, ici ?

C'est le Béton Total.

Tu peux m'expliquer ?

Expliquer quoi ?

Où je suis, exactement.

Tu es exactement en Toi.

Ce sont plutôt les semblables avalés qui sont en moi.

Patience. Tu as atteint le point de fusion. Le moment où l'autre est encore une présence divisée, mais où tu commences à percevoir le Même.

Je ne comprends pas.

Tu dois exprimer l'expérience jusqu'au bout. Tout extraire pour ensuite comprendre. Que perçois-tu ?

Je perçois la compression. Matière Noire contre l'Édifice. Compression de l'Édifice sur lui-même. Compression des expulsés dans le circuit alimentaire. Tout se comprime en un seul point. Je suis ce point. Une boucle microscopique immédiatement bouclée. Je suis né pour mourir à nourrir. Programmé pour faire disparaître toute trace du vivant dans un engloutissement volontaire.

La compression est nécessaire.

Je ne veux pas de ces étrangers avalés en moi, je ne veux plus père ni mère à proximité. Je n'ai plus corps et pourtant j'étouffe encore. Je veux réduire ma présence. Pour dégager l'espace autour, pour m'isoler, me protéger.

Tu peux réduire encore davantage ta présence.

J'y suis presque.

Tu atteins l'état de quark.

Il ne reste plus qu'un point. Ma fissure.

Voilà. Tu y es. Le point de rupture.

Je ne peux plus me contenir.

Ne crains rien. Tout ce que tu as été surgit maintenant. Ton être ouvert, manifesté. Les souvenirs, la trajectoire.

Est-ce que je me décompose ?

Tes limitations s'estompent, plutôt.

Il ne subsiste presque plus rien de moi.

Tu t'exprimes. Toute ton identité, toute ta mémoire. Et nous l'absorbons.

Nous ?

Ta conscience va bientôt s'élargir. Tu vas nous découvrir. Ne résiste pas. C'est le moment de l'ouverture. Tu vas ensuite accéder à tous nos individus. Tu entendras à ton tour chacun de nous. Tu seras nous.

Et ma conscience ?

Elle s'élargit. Ouvre.

Le semblable et ses nuages, c'était bien toi, arrière-père ?

Nous sommes tous tes arrière-pères, tes avant-frères, tes semblables. Nous avons toujours été en toi, avec toi, par toi.

Est-ce que mon corps sera liquéfié en nutriments ?

Les nutriments nourrissent les résidents qui acceptent la répétition. Les emmurés, eux, forment le Béton Total. Parce que nous cherchons l'Issue.

L'Édifice n'est pas une prison ?

Nous sommes gestation.

Je ne savais rien pendant mon corps. Pourquoi ?

Tout était là, en toi. À se déployer. Abolis tout ce qui compose l'isolement du je qui ne se sait pas nous. Jusqu'à ce qu'il ne subsiste plus rien du moi. Qu'un point de vue archivé. Tu sens l'aspiration ?

Quelque chose en *moi* se liquéfie.

C'est l'abolition de l'échelle du regard. Tu retrouves ta substance initiale.

Je me répands. Partout dans l'Édifice. Je m'infiltre. Tout semble m'absorber. Le père et la mère circulent encore, je peux les voir, mais leur présence se confond avec le béton. Je ne vois plus les objets, ni les lieux. Mon regard glisse à l'intérieur de la matière.

Il faut plonger plus profond encore.

Je suis toujours *moi.*

Tu es nous aussi.

Je me souviens de vos mémoires.

Tu étais déjà nous. Nous savons tous nous souvenir de tout.

Je n'ai plus peur.

Laisse monter la félicité.

Je suis…

… ouvert.

Je n'avais jamais imaginé une telle… douceur.

Laisse-toi glisser. Qu'est-ce que tu vois ?

Une trame. Dessous.

Oui. Une seule. Une trame sous-jacente aux corps, enfouie dans le cœur des molécules de chacun.

Au fond de la trame, j'entends.

La vibration fondamentale de l'énergie.

Une seule onde vibratoire.

Chaque minute du temps depuis notre surgissement. Nous avons surgi exactement ici.

À l'intérieur de l'Édifice.

Nous sommes l'Édifice.

C'était *notre* intention.

Ouvre l'œil maintenant, plus grand. Ouvre. Vois-tu ?

Quelqu'un s'éveille.

À travers *nous tous.*

Quelqu'un se découvre.

Multiple de lui-même.

Par Moi-Même.

Je vois

Je Nous vois

Je suis Vous

Nous sommes

Deux cents milliards de fois le Même.

8

J'ouvre un œil circulaire, par nos regards ouverts dans toutes les directions à la fois.

Autour de Moi s'étend la vaste étendue de Matière Noire, fluide. Opacifiée. Un océan de boue. Qui recouvre l'astre d'un pôle à l'autre.

Et J'ouvre l'œil plus grand, jusqu'à atteindre la surface de l'océan.

J'observe l'immensité opaque qui nivelle la surface de la planète. Une nappe de matière homogène. Mer, terre, chair liquéfiées. Tous les règnes du Vivant fusionnés. Les règnes d'avant l'Édifice.

Quelque chose bat. Rythme régulier.

Tous les bruits du Vivant, les échos du passé, les hurlements accumulés viennent se dissoudre à la surface de l'océan, glissent, se confondent, se répondent.

Je reçois la totalité des présences confondues qui se presse jusqu'à Moi, une immensité fluide indifférenciée. Plus la pression de la Matière Noire s'intensifie, plus J'irradie.

À l'intérieur de Mes Murs, tous Mes *je* qui ne se savent pas Moi avalent nutriments ; on valide, on communique les informations, un nouveau-né puis deux puis trois ouvrent la paume contre la compression croissante du Béton Total, ils pressentent le possible d'une fissure,

leur fissure,

l'ouverture de Notre Regard.

Mon Regard.

Je Me contracte sur Moi-Même.

Je Me densifie.

Je croîs.

Un nouvel étage de l'Édifice surgit.

Minuscule continent s'élevant par-delà l'informe.

J'émerge.

Par-delà l'océan du Vivant fusionné.

Un nouvel étage de l'Édifice déborde de l'astre.

J'émerge sous l'intense rayonnement d'une étoile.

Une concentration de puissance roule en vortex au sommet de Mon Être, l'opacité du Béton Total s'éclaircit aussitôt, se fluidifie.

Je deviens transparence.

Je pivote sur Moi-Même, M'enroule en spirale.

À Ma pointe, Je suis mouvement. Libre.

Vivant. Béat.

Plus profond en Moi, sous l'océan de boue, dans l'obscurité de la Matière Noire, Mon grondement s'élève, traverse chaque étage de l'Édifice.

Dans la transparence de Ma pointe émergée, sous le grondement, J'entends : Ma Voix.

Mon Chant.

9

Derrière la porte du 804 de l'étage 5969, le père et la mère observent la quatrième tache au mur. Le grondement atteint les sièges, l'écran.

L'infection de l'humeur de l'un et de l'autre se dissout.

Tu as senti ? dit-elle.

Il faut épaissir davantage le Béton Total, affirme-t-il.

Oui, beaucoup plus.

L'écho résonne à travers leurs corps.

C'est le signal, souffle le père.

Oui, c'est l'heure.

D'un index, doucement, la mère récolte un grain de poussière au mur.

Elle annonce dans un murmure :

Nous enfanterons aujourd'hui.

DU MÊME AUTEUR

Aux Éditions Alto

SOUS BÉTON (Folio Science-Fiction nº 602)
VARIATIONS ENDOGÈNES
ATARAXIE
DE SYNTHÈSE

Aux Éditions è®e (et Leméac)

LA MUE DE L'HERMAPHRODITE

Aux Éditions Maelström

(L'INDIVIDUALISTE)

Aux Éditions Leméac

L'ITINÉRANTE QUI VENAIT DU NORD

Dans la même collection

311.	David Brin	*Marée stellaire* (Le cycle de l'Élévation, II)
312.	Ray Bradbury	*Les machines à bonheur*
313.	Jack Vance	*Emphyrio*
314.	C. S. Lewis	*Cette hideuse puissance*
315.	Frederik Pohl et C. M. Kornbluth	*Planète à gogos*
316.	Robert Holdstock	*Le souffle du temps*
317.	Stéphane Beauverger	*Chromozone* (La trilogie Chromozone, I)
318.	Michael Moorcock	*Le nomade du Temps*
319.	John Varley	*Gens de la Lune*
321.	John Kessel	*Lune et l'autre* (INÉDIT)
322.	Steven Brust	*Teckla*
323.	Mary Gentle	*La guerrière oubliée* (Le) livre de Cendres, I)
324.	Mary Gentle	*La puissance de Carthage* (Le livre de Cendres, II)
325.	Mary Gentle	*Les Machines sauvages* (Le) livre de Cendres, III)
326.	Mary Gentle	*La dispersion des ténèbres* (Le livre de Cendres, IV)
327.	Charles Dickinson	*Quinze minutes*
328.	Brian Aldiss	*Le Monde Vert*
329.	Elizabeth Moon	*La vitesse de l'obscurité*
330.	Stéphane Beauverger	*Les noctivores* (La trilogie Chromozone, II)
331.	Thomas Day	*La maison aux fenêtres de papier* (INÉDIT)
332.	Jean-Philippe Jaworski	*Janua vera*
333.	Laurent Kloetzer	*Le royaume blessé*
334.	Steven Brust	*Les Gardes Phénix*
335.	Isaac Asimov	*Fondation* (Le cycle de Fondation, I)

336. Isaac Asimov — *Fondation et Empire* (Le cycle de Fondation, II)
337. Isaac Asimov — *Seconde Fondation* (Le cycle de Fondation, III)
338. Isaac Asimov — *Fondation foudroyée* (Le cycle de Fondation, IV)
339. Isaac Asimov — *Terre et Fondation* (Le cycle de Fondation, V)
340. Jack Vance — *La vie éternelle*
341. Guillaume Guéraud — *La Brigade de l'Œil*
342. Chuck Palahniuk — *Peste*
343. Poul Anderson — *Trois cœurs, trois lions*
344. Pierre Corbucci — *Journal d'un ange*
345. Elizabeth Hand — *L'ensorceleuse*
346. Steven Brust — *Taltos*
347. Stéphane Beauverger — *La cité nymphale* (La trilogie Chromozone, III)
348. Gene Wolfe — *L'ombre du Bourreau* (Le livre du Nouveau Soleil, I)
349. Robert Charles Wilson — *Blind Lake*
350. Alain Damasio — *La Zone du Dehors*
351. James Patrick Kelly — *Fournaise*
352. Joëlle Wintrebert — *Le créateur chimérique*
353. Bernard Simonay — *La Vallée des Neuf Cités*
354. James Tiptree Jr — *Par-delà les murs du monde*
355. Gene Wolfe — *La Griffe du demi-dieu* (Le livre du Nouveau Soleil, II)
356. Gene Wolfe — *L'épée du licteur* (Le livre du Nouveau Soleil, III)
357. Wayne Barrow — *Bloodsilver*
358. Ted Chiang — *La tour de Babylone*
359. Clive Barker — *Le royaume des Devins*
360. Michael G. Coney — *Péninsule*

361.	Theodore Sturgeon	*Un peu de ton sang*
362.	Robert Charles Wilson	*Spin*
363.	Gene Wolfe	*La citadelle de l'Autarque* (Le livre du Nouveau Soleil, IV)
364.	Francis Berthelot	*Khanaor*
365.	Mélanie Fazi	*Serpentine*
366.	Ellen Kushner	*À la pointe de l'épée*
367.	K. J. Parker	*Les couleurs de l'acier* (La trilogie Loredan, I)
368.	K. J. Parker	*Le ventre de l'arc* (La trilogie Loredan, II)
369.	K. J. Parker	*La forge des épreuves* (La trilogie Loredan, III)
370.	Thomas Day	*Le trône d'ébène*
371.	Daniel F. Galouye	*Simulacron 3*
372.	Adam Roberts	*Gradisil*
373.	Georges Foveau	*L'Enfant Sorcier de Ssinahan* (INÉDIT)
374.	Mathieu Gaborit	*Bohème*
375.	Kurt Vonnegut Jr	*Le pianiste déchaîné*
376.	Olivier Bleys	*Canisse* (INÉDIT)
377.	Mélanie Fazi	*Arlis des forains*
378.	Mike Resnick	*Ivoire*
379.	Catherine L. Moore	*Les aventures de Northwest Smith*
380.	Catherine L. Moore	*Jirel de Joiry*
381.	Maïa Mazaurette	*Dehors les chiens, les infidèles*
382.	Hal Duncan	*Évadés de l'Enfer !* (INÉDIT)
383.	Daniel F. Galouye	*Le monde aveugle*
384.	Philip K. Dick	*Le roi des elfes*
385.	Poppy Z. Brite	*Contes de la fée verte*
386.	Mélanie Fazi	*Notre-Dame-aux-Écailles*
387.	J. G. Ballard	*Le monde englouti*

388.	Jean-Philippe Jaworski	*Gagner la guerre*
389.	Mary Gentle	*L'énigme du cadran solaire*
390.	Stéphane Beauverger	*Le Déchronologue*
391.	Robert Charles Wilson	*La cabane de l'aiguilleur*
392.	Christopher Priest	*L'Archipel du Rêve*
393.	McSweeney's	*Anthologie d'histoires effroyables*
394.	Robert Heinlein	*Marionnettes humaines*
395.	Norbert Merjagnan	*Les tours de Samarante*
396.	Jean-Philippe Depotte	*Les démons de Paris*
397.	Stephen Fry	*Le faiseur d'histoire*
398.	Kelly Link	*La jeune détective et autres histoires étranges*
399.	J.G. Ballard	*Sécheresse*
400.	Fabrice Colin	*Comme des fantômes*
401.	Ray Bradbury	*Les pommes d'or du soleil*
402.	Laurent Genefort	*Mémoria*
403.	Maïa Mazaurette	*Rien ne nous survivra*
404.	Eoin Colfer	*Encore une chose…* (H2G2, VI)
405.	Robert Charles Wilson	*Mysterium*
406.	Serge Lehman	*Le Haut-Lieu et autres espaces inhabitables*
407.	Isaac Asimov	*L'homme bicentenaire*
408.	Catherine Dufour	*L'accroissement mathématique du plaisir*
409.	Ian McDonald	*Brasyl*
410.	James Patrick Kelly	*Regarde le soleil*
411.	Alfred Bester	*L'homme démoli*
412.	Jack Vance	*Les chroniques de Durdane*
413.	Alfred Bester	*Terminus les étoiles*
414.	Isaac Asimov	*Cher Jupiter*
415.	Carol Berg	*L'Esclave* (Les livres des rai-kirah, I)

416. Ugo Bellagamba *Tancrède*
417. Christopher Priest *Le Glamour*
418. Catherine Dufour *Outrage et rébellion*
419. Robert Charles Wilson *Axis*
420. Nick DiChario *La vie secrète et remarquable de Tink Puddah*
421. Thomas Day *Du sel sous les paupières* (INÉDIT)
422. Pierre Pelot *La guerre olympique*
423. Jeanne-A Debats *La vieille Anglaise et le continent*
424. Karl Edward Wagner *Kane* (L'intégrale, I)
425. Karl Edward Wagner *Kane* (L'intégrale, II)
426. Karl Edward Wagner *Kane* (L'intégrale, III)
427. Jean-Claude Dunyach *Le jeu des sabliers*
428. Jean-Michel Truong *Le Successeur de pierre*
429. Ray Bradbury *Un remède à la mélancolie*
430. Roger Zelazny *Seigneur de Lumière*
431. Clifford D. Simak *Voisins d'ailleurs*
432. Ian McDonald *Roi du Matin, Reine du Jour*
433. Thomas Day *Sympathies for the devil*
434. Hal Duncan *Velum* (Le Livre de Toutes les Heures, I)
435. Hal Duncan *Encre* (Le Livre de Toutes les Heures, II)
436. Steven Amsterdam *Ces choses que nous n'avons pas vues venir*
437. Serge Lehman présente *Retour sur l'horizon*
438. Carol Berg *L'insoumis* (Les livres des rai-kirah, II)
439. Henri Courtade *Loup, y es-tu ?*
440. Lord Dunsany *La fille du roi des Elfes*
441. Maurice Leblanc *Le formidable événement*
442. John Varley *Le système Valentine*
443. Philip K. Dick *Le dernier des maîtres*

444.	Pierre Pevel	*Les Lames du Cardinal* (Les Lames du Cardinal, I)
445.	George R. R. Martin, Gardner Dozois & Daniel Abraham	*Le chasseur et son ombre*
446.	Loïc Henry	*Loar*
447.	Ray Bradbury	*Léviathan 99*
448.	Clive Barker	*Hellraiser*
449.	Robert Charles Wilson	*À travers temps*
450.	Serge Brussolo	*Frontière barbare* (INÉDIT)
451.	L. L. Kloetzer	*CLEER*
452.	Cédric Ferrand	*Wastburg*
453.	Jean-Claude Marguerite	*Le Vaisseau ardent*
454.	Jean-Philippe Depotte	*Les jours étranges de Nostradamus*
455.	Walter M. Miller Jr.	*L'héritage de saint Leibowitz*
456.	Carol Berg	*Le vengeur* (Les livres des rai-kirah, III)
457.	Philip K. Dick	*Question de méthode*
458.	Leandro Ávalos Blacha	*Berazachussetts*
459.	Alden Bell	*Les faucheurs sont les anges*
460.	Pierre Pevel	*L'Alchimiste des Ombres* (Les Lames du Cardinal, II)
461.	Xavier Mauméjean	*Rosée de feu*
462.	Arkadi et Boris Strougatski	*Stalker*
463.	Ian McDonald	*Le fleuve des dieux*
464.	Barry Hughart	*La magnificence des oiseaux* (Une aventure de Maître Li et Bœuf Numéro Dix)

465. Serge Brussolo — *Trajets et itinéraires de la mémoire*
466. Barry Hughart — *La légende de la Pierre* (Une aventure de Maître Li et Bœuf Numéro Dix)
467. Jack McDevitt — *Seeker*
468. Glen Duncan — *Moi, Lucifer*
469. Barry Hughart — *Huit honorables magiciens* (Une aventure de Maître Li et Bœuf Numéro Dix)
470. Daniel Polansky — *Le baiser du rasoir*
471. Thomas Geha — *Le sabre de sang*, 1
472. Thomas Geha — *Le sabre de sang*, 2
473. Pierre Pevel — *Le dragon des Arcanes* (Les Lames du Cardinal, III)
474. Alain Damasio — *Aucun souvenir assez solide*
475. Laurent Genefort — *Les opéras de l'espace*
476. Roger Zelazny — *Dilvish le Damné*
477. Thomas Day — *Dæmone*
478. Philip K. Dick — *Ne pas se fier à la couverture*
479. Léo Henry — *Le casse du continuum* (INÉDIT)
480. Frank M. Robinson — *Destination ténèbres*
481. Joël Houssin — *Le Temps du Twist*
482. Jean-Marc Ligny — *La mort peut danser*
483. George R. R. Martin — *Armageddon Rag*
484. Lewis Shiner — *Fugues*
485. Collectif — *Alternative Rock*
486. Arnaud Duval — *Les Pousse-pierres*
487. Christian Léourier — *Le cycle de Lanmeur*, I
488. Lisa Tuttle — *Ainsi naissent les fantômes*
489. Pablo de Santis — *La soif primordiale*
490. Norbert Merjagnan — *Treis, altitude zéro*
491. Robert Charles Wilson — *Julian*
492. Patrick Ness — *La voix du Couteau* (Le Chaos en marche, I)

493.	Patrick Ness	*Le Cercle et la Flèche* (Le Chaos en marche, II)
494.	Patrick Ness	*La guerre du Bruit* (Le Chaos en marche, III)
495.	S.G. Browne	*Comment j'ai cuisiné mon père, ma mère... et retrouvé l'amour*
496.	Glen Duncan	*Le dernier loup-garou*
497.	Christian Léourier	*Le cycle de Lanmeur*, II
498.	Mira Grant	*Feed* (Feed, I)
499.	Richard Matheson	*Par-delà la légende*
500.	Dan Simmons	*L'échiquier du mal*
501.	Mira Grant	*Deadline* (Feed, II)
502.	Robert Holdstock	*Avilion*
503.	Graham Joyce	*Lignes de vie*
504.	Mira Grant	*Red Flag* (Feed, III)
505.	Jean-Philippe Jaworski	*Même pas mort* (Rois du monde, I)
506.	Arkadi et Boris Strougatski	*Il est difficile d'être un dieu*
507.	Laurent Genefort	*Omale*, 1
508.	Laurent Genefort	*Omale*, 2
509.	Laurent Whale	*Les étoiles s'en balancent*
510.	Robert Charles Wilson	*Vortex*
511.	Anna Starobinets	*Je suis la reine*
512.	Roland C. Wagner	*Rêves de Gloire*
513.	Roland C. Wagner	*Le train de la réalité*
514.	Jean-Philippe Depotte	*Le chemin des dieux*
515.	Ian McDonald	*La maison des derviches*
516.	Jean-Michel Truong	*Reproduction interdite*
517.	Serge Brussolo	*Anges de fer, paradis d'acier* (INÉDIT)
518.	Christian Léourier	*Le Cycle de Lanmeur*, III
519.	Bernard Simonay	*Le secret interdit*
520.	Jean-Philippe Jaworski	*Récits du Vieux Royaume*

521.	Roger Zelazny	*Les princes d'Ambre* (Cycle 1)
522.	Christopher Priest	*Les insulaires*
523.	Jane Rogers	*Le testament de Jessie Lamb*
524.	Jack Womack	*Journal de nuit*
525.	Ray Bradbury	*L'Arbre d'Halloween*
526.	Jean-Marc Ligny	*Aqua*™
527.	Bernard Simonay	*Le prince déchu* (Les enfants de l'Atlantide, I)
528.	Isaac Asimov	*Fondation 1*
529.	Isaac Asimov	*Fondation 2*
530.	J. G. Ballard	*La forêt de cristal*
531.	Glen Duncan	*Talulla*
532.	Graham Joyce	*Les limites de l'enchantement*
533.	Mary Shelley	*Frankenstein*
534.	Isaac Asimov	*Les vents du changement*
535.	Joël Houssin	*Argentine*
536.	Martin Millar	*Les petites fées de New York*
537.	Mélanie Fazi	*Le jardin des silences*
538.	Graham Joyce	*Au cœur du silence*
539.	Bernard Simonay	*L'Archipel du Soleil* (Les enfants de l'Atlantide, II)
540.	Christopher Priest	*Notre île sombre*
541.	Bernard Simonay	*Le crépuscule des Géants* (Les enfants de l'Atlantide, III)
542.	Jack Vance	*Le dernier château*
543.	Hervé Jubert	*Magies secrètes* (Une enquête de Georges Hercule Bélisaire Beauregard)
544.	Hervé Jubert	*Le tournoi des ombres* (Une enquête de Georges Hercule Bélisaire Beauregard)

545.	Hervé Jubert	*La nuit des égrégores* (Une enquête de Georges Hercule Bélisaire Beauregard, INÉDIT)
546.	L. L. Kloetzer	*Anamnèse de Lady Star*
547.	Paul Carta	*La quête du prince boiteux* (Chroniques d'au-delà du Seuil, I)
548.	Bernard Simonay	*La Terre des Morts* (Les enfants de l'Atlantide, IV)
549.	Jo Walton	*Morwenna*
550.	Paul Carta	*Le Siège des dieux* (Chroniques d'au-delà du Seuil, II)
551.	Arnaud Duval	*Les ombres de Torino*
552.	Robert Charles Wilson	*La trilogie Spin*
553.	Isaac Asimov	*Période d'essai*
554.	Thomas Day	*Sept secondes pour devenir un aigle*
555.	Glen Duncan	*Rites de sang*
556.	Robert Charles Wilson	*Les derniers jours du paradis*
557.	Laurent Genefort	*Les vaisseaux d'Omale*
558.	Jean-Marc Ligny	*Exodes*
559.	Ian McDonald	*La petite déesse*
560.	Roger Zelazny	*Les princes d'Ambre* (Cycle 2)
561.	Jean-Luc Bizien	*Vent rouge* (Katana, I)
562.	Jean-Luc Bizien	*Dragon noir* (Katana, II)
563.	Isaac Asimov	*Cher Jupiter*
564.	Estelle Faye	*Thya* (La voie des Oracles, I)
565.	Laurent Whale	*Les damnés de l'asphalte*
566.	Serge Brussolo	*Les Geôliers* (INÉDIT)

567.	Estelle Faye	*Enoch* (La voie des Oracles, II)
568.	Marie Pavlenko	*La Fille-Sortilège*
569.	Léo Henry	*La Panse* (INÉDIT)
570.	Graham Joyce	*Comme un conte*
571.	Pierre Pevel	*Les enchantements d'Ambremer* (Le Paris des Merveilles, I)
572.	Jo Walton	*Le cercle de Farthing*
573.	Isaac Asimov	*Quand les ténèbres viendront*
574.	Grégoire Courtois	*Suréquipée*
575.	Pierre Pevel	*L'Élixir d'Oubli* (Le Paris des Merveilles, II)
576.	Fabien Cerutti	*L'ombre du pouvoir* (Le Bâtard de Kosigan, I)
577.	Lionel Davoust	*Port d'âmes*
578.	Pierre Pevel	*Le Royaume Immobile* (Le Paris des Merveilles, III)
579.	Jean-Pierre Boudine	*Le paradoxe de Fermi*
580.	Fabrice Colin	*Big Fan*
581.	Fabien Cerutti	*Le fou prend le roi* (Le Bâtard de Kosigan, II)
582.	Jo Walton	*Hamlet au paradis*
583.	Robert Charles Wilson	*Les Perséides*
584.	Charles Yu	*Guide de survie pour le voyageur du temps amateur*
585.	Estelle Faye	*Un éclat de givre*
586.	Ken Liu	*La ménagerie de papier*
587.	Chuck Palahniuk et Cameron Stewart	*Fight Club 2*
588.	Laurence Suhner	*Vestiges* (QuanTika, I)
589.	Jack Finney	*Le voyage de Simon Morley*
590.	Christopher Priest	*L'adjacent*
591.	Franck Ferric	*Trois oboles pour Charon*

Composition : IGS-CP à L'Isle-d'Espagnac (16)
Achevé d'imprimer par Novoprint,
à Barcelone, le 16 mars 2018
Dépôt légal : mars 2018

ISBN : 978-2-07-271493-1/Imprimé en Espagne

312678